放学后

Look Both Ways

［美］杰森·雷诺兹 著

李小霞 译

中信出版集团 | 北京

图书在版编目（CIP）数据

放学后 /（美）杰森·雷诺兹著；李小霞译. -- 北京：中信出版社，2023.6（2023.11重印）
书名原文：Look Both Ways: a tale told in ten blocks
ISBN 978-7-5217-5248-9

Ⅰ.①放… Ⅱ.①杰… ②李… Ⅲ.①儿童小说—长篇小说—美国—现代 Ⅳ.① I712.84

中国国家版本馆 CIP 数据核字（2023）第 032776 号

LOOK BOTH WAYS by Jason Reynolds
Text Copyright © 2019 by Jason Reynolds
Published by Atheneum, an imprint of Simon & Schuster Children's Publishing Division
Published by arrangement with Pippin Properties Inc. through Rights People, London
Simplified Chinese translation copyright © 2023 by CITIC Press Corporation
ALL RIGHTS RESERVED

本书仅限中国大陆地区发行销售

放学后

著　　者：[美] 杰森·雷诺兹
译　　者：李小霞
出版发行：中信出版集团股份有限公司
　　　　　（北京市朝阳区东三环北路 27 号嘉铭中心　邮编 100020）
承 印 者：北京通州皇家印刷厂

开　　本：880mm×1230mm　1/32　　印　张：6.25　　字　数：100 千字
版　　次：2023 年 6 月第 1 版　　　　印　次：2023 年 11 月第 3 次印刷
京权图字：01-2023-0316
书　　号：ISBN 978-7-5217-5248-9
定　　价：35.00 元

版权所有·侵权必究
如有印刷、装订问题，本公司负责调换。
服务热线：400-600-8099
投稿邮箱：author@citicpub.com

本书所获荣誉

2021年卡内基文学奖

2021年美国国家图书奖提名

科雷塔·斯科特·金文学奖荣誉作家

美国国家公共电台2019年度最受喜爱的书

《纽约时报》2019年度最佳童书

《华盛顿邮报》2019年度最佳童书

《出版人周刊》2019年度最佳童书

《今日秀》2019年度最佳童书

《时代》2019年度最佳童书

《学校图书馆杂志》2019年度最佳中学读物

《柯克斯书评》2019年度最佳中学读物

* 部分展示 *

本书获得的赞誉

对于被迫阅读的中高年级读者来说，这是一本完美的书。他们很容易对这些角色忙碌而不确定的生活产生共鸣。

——《学校图书馆杂志》星级评论

这是一本关于生活的书，一本鼓励我们不仅要看两边，还要向下看人行道，向上看天空，尽可能向各个方向看的书。我们不想错过任何一页。

——《纽约时报》

书中的一系列故事相互关联，以幽默、独特的方式，解答了普遍存在于现实中的贫困、焦虑和失落等问题，表现了孩子们的韧性和活力。

——《时代》

雷诺兹那种善于捕捉城镇青少年的声音和人性的天赋，再次得到了充分展示……这本书充满幽默和感染力，展现了孩子们在成长过程中的勇敢抗争。

——《柯克斯书评》

作者对中学生会经历的、不为人知的人生考验和生活磨难进行了一次非传统的、巧妙的探索。

——《书架意识》

书中的每个故事都充满真情实感，令人感同身受。

——《出版人周刊》星级评论

儿童文学世界中最令人兴奋、惊喜期待的一位作者，带着他新一本既标新立异又引人入胜的书回来了。

——《娱乐周刊》

作者并不打算给孩子们写一本精致完美的书。他没有在书中设置什么反派和英雄，也不会刻意去做无聊的夸张和比喻……他甚至没有写两句关于人性的普遍真理。但他究竟做了什么呢？他会让我们的孩子想成为更好的作家——即使他们从未写过一篇文章。真的。他还会让我们想为了那些孩子去做更好的人。为了那些消失在人群中，有时甚至看不到彼此的孩子。为了那些只有作者真正注意到、放进心里的孩子。为了他们，去做一个更好的人。

—— Goodreads 读者评论

书中的每个孩子都在朝着改变他们周围世界的路上迈出了小步。毕竟任何悲天悯人的善都要从身边的小事做起。作者用这样的方式让孩子知道，自己的每一个小小举动都会为世界带来改变，真的很棒！

—— Goodreads 读者评论

所有故事最终都回到一个主题，那就是"被看见"。我们在书中遇到的每个角色或多或少都能在生活中找到原型：害羞的女孩、孤独的孩子、"笨蛋"和"恶霸"，雷诺兹会告诉我们他们的故事……"看见"很重要。但这只是理解他人故事的第一步。要做到这一点，你必须多方观察，跨越标签。

——Amazon 读者评论

本书献给
埃洛伊丝·格林菲尔德

目录

全宇宙最顽强的生物 002

冰激凌和彩虹糖屑 018

滑板飞掠而过 044

看两边 060

使命召唤 076

五件比握手仪式更简单的事 094

萨奇莫的大计划 116

奥卡柏卡国 130

油腻腻,火辣辣 150

扫帚狗 166

致谢 184

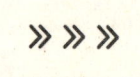

»»»

马斯顿街

全宇宙最顽强的生物

就像所有最好听的故事一样,开头得特别吸引人才行。比如,一辆校车从天而降。

只不过,没人看到校车从天而降,也没人听到校车从天而降。所以呢,就像所有比较好听的故事一样,这个故事的开头出现的是……

鼻屎。

"你要是再不把你鼻子里的那些恶心的'烤妖精'赶紧掏出来、掏干净,我绝不跟你一起走回家。我可不是说着玩儿的。"杰斯敏·乔丹说这句话的时候,就像她平时说别的话那样,恨不得使出全身的劲儿。就好像,这些话不光是从她嘴里说出来,而且是从她的肩头奋力卸下来似的。

她的口气听上去特别当真。那句"我可不是说着玩儿的"和她妈妈平时对她说正经事时的口气一模一样。只不过，妈妈这么说话时，杰斯敏总喜欢把耳机的音乐声调到很大，试图盖过妈妈的声音，然后再调大，再调大。你再不把耳塞……耳罩……还是耳机之类的玩意儿从你那颗椰子脑袋上取下来，就得领教领教我的狮吼功了——我可不是说着玩儿的！

没错，就是那种语气。

杰斯敏的鼻屎清除警告针对的是她的鼻塞好友泰伦斯·詹普。杰斯敏干脆叫他"泰詹"。泰詹是她最要好的朋友，用杰斯敏的话来说就是"最要好的男生朋友"。但杰斯敏并没有最要好的女生朋友，所以呢，泰詹就是她最要好的朋友了。

当然，她也是泰詹最要好的朋友。自从他搬到离她家三栋房子远的马斯顿街之后，他们俩就成了好朋友。而妈妈之所以同意他们俩一起上学放学，是因为他们是这个街区仅有的两个孩子。他们的友谊从六年级开始，维持了很长时间。看起来会一直维持下去，直到永远。

下课铃响了，这是今天的最后一节课。杰斯敏和泰詹一起走出教室。这是他们俩唯一在一起上的课——范塔纳先生的生命科学课①。

"才回学校两天就开始教训我了？"泰詹一边反问，一边自信地旋转着储物柜上的黑色密码锁，好像他能凭感觉知道密码锁凹槽的变化，知道什么时候拨对了数字似的。

"我不教训你行吗？看看你鼻子里的那些东西吧。说老实话，泰詹，我都想象不出来你现在是怎么呼吸的。"杰斯敏说。

和泰詹不同，杰斯敏全神贯注地转动着密码锁，眼睛紧盯着表盘，就好像密码随时会变，手指随时会不听使唤似的。幸运的是，他们俩的储物柜紧挨着。要真的是某种奇怪的原因导致上述情况发生，泰詹肯定能帮上忙。

泰詹耸了耸肩，把他的科学课本扔在金属储物柜的隔板上。一股脚丫子的气味从里面飘了出来，好像一团灰尘，飘忽不定，令人不安。他的储物柜隔板上堆满了空的零食袋，都是这两天课间休息时杰斯敏从柜门上的通风口塞进来的。都是……垃圾。不过，杰斯敏和泰詹称它们为"友谊的旗帜"。它们都是爱的垃圾。杰斯敏好久没来上学了。所以，这些零食袋，基本上可以算是一张张便条，透过奇多薯片的

---

① 美国中学采取的是走班制，即上课的教师和教室固定，学生根据自己的学习能力和兴趣选择适合的班级上课。在走班制教学中，不同层次的班级的教学内容、作业布置、考试难度是不同的，学生获得的学分也不一样。——译者注（后面均为译者注）

碎屑告诉他"我很想你"。

终于,一坨硬得好像小石子似的鼻屎顺着鼻涕滚出了鼻孔。泰詹掀起T恤下摆去擦。鼻涕流过了他的嘴唇,他又擦又捏又抠。看上去好像在抠,但其实并没有怎么抠。

泰詹仰起脸,好让杰斯敏看清楚他的鼻孔。"现在好点儿没?"他问道,虽然问得真诚,心里却有点儿希望鼻子里还有鼻屎,正躲在鼻孔里朝杰斯敏扮鬼脸。

杰斯敏盯着泰詹的鼻孔,好像在透过一个棕色的、肉做的显微镜镜筒向里面窥视。而且,她对泰詹直接用身上的T恤当纸巾揩鼻子的行为毫不介意。为什么要介意呢?这倒不是说这么做不恶心——确实很恶心,只不过,她认识他很久了,早就司空见惯了。他干过的恶心事何止这一件呀,T恤下摆上粘着鼻屎,不过是往衣服上再增加些装饰而已。

泰詹是个鼻屎迷。他的喜好从来都非常重口味。杰斯敏见过他直接用手指从他的(还有她的)运动鞋鞋底抠口香糖。当然,最最变态的一次,是他拍死了一只正在吸他血的蚊子,然后,他居然直接舔掉了胳膊上被拍成一坨黏液的蚊子尸体!不过那一次是杰斯敏打赌激他这么做的,结果输给了他一美元。他们俩各取所需,倒也划得来。

"哎呀,我都能直接看到你的大脑啦,"杰斯敏假装还在检查,"我发现,你的脑子漏掉了不少呢。"她拨了拨泰詹的鼻子,"都顺着鼻孔流出来啦,没完没了呢。逗你玩呢,算是掏干净了。好吧,现在我可以和你一起回家了。"

"随便你怎么说。"他砰的一声关上了储物柜,"我是说啊,反正我们都是鼻屎。"

"你可能是鼻屎。"她也砰的一声关上了储物柜,"但我不是。"

"随便你怎么想。"泰詹一边说,一边和她互换了书包。他的书包非常轻,而杰斯敏的书包里则塞着每一门课的课本和全世界所有的笔记本。她向来都这么谨慎。她本来可以自己背的,但泰詹担心她后背的肌肉承受不了,毕竟,从那次犯病到现在,她还没有完全恢复。

他们俩穿过拥挤的走廊,脚下的运动鞋踩在地板上嘎吱作响,空气中飘浮着放学时难闻的味道。"你瞧,我一直在想这件事。鼻屎不过是水混合了空气中的灰尘啊,微粒啊之类的东西……"

"你是怎么知道的?"杰斯敏打断了他。以她对泰詹的了解,他多半是从别处听来的,比如从辛西娅·索尔那儿——大家都叫她"话不停",她嘴里说出来的事99.99999%都是玩笑。

"我上网查过一次,"泰詹解释道,"我想弄清楚为什么鼻屎这么咸。"

"等等。"杰斯敏举起一只手,似乎要拦住泰詹后面要说的话,"咸?你吃过鼻屎?"

"得啦,杰斯敏。你干吗总抓着过去的事儿不放嘛,这不公平啊。真见鬼。"泰詹摇了摇头,"你是不是说完啦?那我继续我刚才的实证假设。"他说"实证假设"这个词时是一个字一个字蹦出来的,显得十分怪异有趣:实——证——假——设。"所以呢,鼻屎的成分基本上是水和灰尘。"他朝天举起一根手指,"而人体的主要成分也是水,对不对?范塔纳先生这学期刚开学的时候是不是这么说过?"

"没错。"

"那咱们继续。你也听过这种说法吧,我们是由尘土创造的,男人是……"

"女人也是。"杰斯敏插了一句。

"对对,还有女人……主要是由水构成的,那么,基本上来说,我们就是水和尘土,对不对?"泰詹不停地挥着手,就好像在一个看不见的黑板上写着什么伟大的方程式。杰斯敏什么都没说,她用不着催促泰詹赶紧推导出结果。"这就是说……"泰詹总结道,杰斯敏几乎可以看到他的脑子里正敲着鼓点,"我们基本上都是……鼻屎。"

泰詹的脸上露出满意的表情,好像刚涂了什么高级润肤霜;杰斯敏则一脸困惑,就好像被涂着润肤霜的手掌扇了一巴掌。

"大错特错!"她反击道。

"反正你不打算相信我。"泰詹一边说,一边推门走出了教学楼,又为杰斯敏扶着门。

"哦,我当然不相信。"

"你不需要相信,"泰詹重复道,"但这并不意味着我这个推理就不对。不管你怎么想,我在学校里真的在学习哟。说老实话,我简直要站出来教书了,因为啊,在咱们这些所谓的科学家,还有像范塔纳这样的老师都在忙着研究外星人是不是存在的时候,我就已经弄清楚了一件事:鼻屎其实就相当于……婴儿里最最小的婴儿!"

这让杰斯敏忍俊不禁。泰詹这家伙虽然很荒唐,很烦人,有时候还很恶心,但他总是能逗她笑,不管她想不想笑,也不管他是不是有意在逗她笑,结果都一样。她非常珍视这一点。过去一年来,杰斯敏刻意给自己裹上了一层坚硬的外壳。但泰詹总是能从这层硬壳上敲下一些碎屑。

这一年对她而言,过得相当艰难。

一切都从她的父母分居开始,从爸爸搬出去开始。并没有发生什么戏剧性的事。没有争执,也没有撕破脸的丑态,和电影里的桥段完全不一样。至少据她所知没有。唯一一次非常不舒服的谈话发生在餐桌边。父母看着她,就好像她是一条装在三明治袋子里的热带鱼,正在袋子里游来游去。她在座位上不停蠕动,仿佛身上的皮肤绷得太紧似的。

"我们非常爱你。"

"这不是你的错。"

"有时候,感情会变。"

"有时候,大家分开会变得更好。"

"这都不是你的错。"

"你爸爸和我都非常爱你。"

"你妈妈和我都非常爱你。"

事实上,这一段的确和电影里的桥段差不多,尤其是电影里关于她这个年纪的女孩会有的反应。餐桌边的谈话火星四射。下一幕,卧室门外响起了敲门声。孩子咒骂爸爸,妈妈高声警告"不许说脏话",然后是周末的探视,父母的尴聊。他们只会问:都好吗?一遍又一遍,没完没了,没完没了,没完没了!

这还只是今年第一季度的事。之后才是她最惨的时候:她被击倒了。袭击她的不是别人(她没有遭到抢劫之类),恰恰是她自己的身体。杰斯敏从出生起就患有一种血液病,叫镰刀型细胞贫血病[①]。

---

① 镰刀型细胞贫血病是一种遗传性血红蛋白病,人体内正常的圆形血红蛋白变成镰刀状血红蛋白,主要表现为关节痛、慢性溶血性贫血、易感染等。这种遗传病在非洲裔儿童中出现的比例较高。

> 放学后

　　这种病几乎会影响身体的每一个部位，器官、关节，甚至视力。不过，大部分情况下，这种病并没有给杰斯敏带来什么真正的麻烦。有时身上会有点儿疼，但没什么大不了的。直到今年，她彻底被击倒了，身体简直像着了火——至少她感觉是这样。她的手和脚肿得就像灌满了水的橡胶手套，沉甸甸的，皮肤紧绷，随时可能破裂。她的肌肉好像变成了木头，她甚至想象自己的骨头正在碎裂，再长出新的骨头。

　　杰斯敏请了一个月的病假。她的储物柜一个月没打开，柜子的密码锁一个月没有转动过。

　　她的父母总在她病床边徘徊，有时候两个人一起这样，有时候分别这样。他们的模样古怪，动作更古怪，简直像电影里的外星人，比青春家庭剧里的桥段还要无聊。能冲淡父母这份平淡的，只有泰詹。他来的时候总会讲几个笑话，活跃一下气氛，在杰斯敏的床边留下几个空薯片袋，还在她的储物柜里留下了30个空薯片袋。那是友谊的旗帜。

　　两天前，杰斯敏终于回到拉蒂默中学上课了。同学们围着她问了一大堆问题，其中好多人在她生病前都没怎么跟她说过话。她和泰詹走得很近，这帮同学以前总是斜眼看她，因为大家认为"男生和女生交往，不可能是普通朋友这么简单"。

这之后，摆在杰斯敏（还有她的辅导老师莱恩女士）面前的问题就是，怎么把落下的功课赶上来。她卧床的时候根本没法学习，因为她几乎动弹不得。连握笔都觉得疼，翻书更是痛苦。正因为如此，她才清楚，自己肯定不是鼻屎。绝对不可能是。因为她根本不够黏。

"也许男生都是鼻屎。表面上看像块石头，其实不过是一坨掺了水的尘土。"他们俩站在路口等候信号灯变绿时，杰斯敏对泰詹开玩笑道。人行横道好像一座桥，指引着学生们沿着沥青马路从学校走回家。他们俩拐上了波特尔大道，这是他们俩一起走了几百次的路线，也是泰詹不得不独自走了一个月的路线。虽然杰斯敏昨天就回学校上学了，但妈妈太过紧张，第一天放学怎么都不肯让她自己走回家。所以，今天才是自她回学校后，他们俩第一次一起走回家。

"但我可不是鼻屎，"她接着说，"我是说，拜托，你能揩掉、擤掉、摆脱掉鼻屎呀。"

"好吧，如果你不是鼻屎，那你是什么？"泰詹问道。

杰斯敏耸了耸肩："我难道不是……女生？我就是我呀。"

"得啦，杰斯敏。顺着我的思路好好想想。"泰詹说着张开了双臂，那姿势很像一个街头惯骗试图让人们相信窃书不是偷。"如果你不是鼻屎，你总得是别的什么吧，那你希望

放学后

自己是什么呢?"

杰斯敏一边想,一边和泰詹一块儿向左拐到了马斯顿街。这条街两旁都是房子,她妈妈总是说,这些房子很有些年头了。"我们住在一个老社区。"只要开车经过那些看起来更好的新社区时,妈妈总会唠叨这句话。

新社区里的每栋房子看起来都一样,就像家庭唱诗班,所有人都穿着同样的长袍,转向同样的方向,用同样的音调唱着同样的旋律——一首非常非常无聊的歌。不过,马斯顿街不同,这里的每栋建筑都不一样,从小砖房到花哨的树脂涂料建筑,从现代的飘窗到殖民地风格的长窗,从攀着蔷薇的平房到三层小楼,栅栏、篱笆各式各样,院门错落有致。还有草坪、石子路、柏油路、散步的小径。所有的东西都很古老,看上去都住了很久、用了很久,裹上了一层岁月的光泽,那是一代人、两代人,甚至三代人呵护照料的结果。

"我不知道,"她终于说,"我是说,今天范塔纳先生在课上说的那个是什么来着?他在那张照片上指着的东西?就是看起来有点儿像鼻屎的那个?"

"你是说,那个像鼻涕虫似的丑家伙?叫什么来着?……太空熊?"

"的确有个'熊'字,"她刚要继续说,又停了下来,"等等……首先,我可不丑。这一点咱们得先说清楚。不过,我就是老师说的那个:水熊虫。"杰斯敏点了点头。

"对对,叫水熊虫,"泰詹笑了,"那东西长了八条腿,指甲长得像我老妈的手一样。还有那张奇怪的嘴……哎呀,也像我老妈——"泰詹说着努起嘴唇,又抿回去,再努起来,来来回回,就好像在咀嚼一块巨大的泡泡糖。"那东西真够吓人的,真的像我老妈一样——嘿,它要不是特别特别小,那绝对和我老妈一个样儿。绝对!"

"喂!梅西女士并不吓人。"

"梅西女士并不是我老妈。她是我的新妈,就是后妈。我的老妈,就是我的亲妈,其实我也不太记得她是不是那个模样了。"

"好吧……你说得对。"杰斯敏试图在脑子里理顺这一大堆老妈、新妈、后妈之类的概念,同时在脑海中另一块看不见的黑板上忙着写下另一个方程式。

"不过,我的老妈……"泰詹的身子一抖,好像有什么东西射穿了他的身体似的,他急忙甩掉了那个念头。只不过是一瞬间的反应。也许是一段糟糕的回忆。"话说回来,你为啥想成为那个东西呢?想成为水熊虫之类的东西,根本没人看得到呀,至少我们还能看到鼻屎呢。"

"是因为课上范塔纳先生说过的那些话。他说,科学家们对水熊虫做了很多测试,发现它可能是世界上,也许是全宇宙最顽强的生物。说它能经受住最炽烈的高温、最寒冷的低温和最大的压强。我是说,他们把水熊虫送进了太空,那可是太空啊!然后,它居然还能那样爬来爬去,就好像什么都没发生一样,就那么蠕动着爬来爬去。我每天也是这样。还是能张牙舞爪,毫发无损呀。"杰斯敏说着,两只手假装成爪子的模样,挥舞着涂了亮紫色指甲油的手指。

"那倒是,如果你相信这些话,我想你说得也对。"

"好吧,如果你能相信是尘土创造了我们——这一点我信,因为你绝对是我认识的人里身上尘土最多的家伙——那么,我也可以相信范塔纳先生关于水熊虫的那套说法。哎呀,我们可能每天都踩着这些水熊虫呢,只不过我们不知道而已。"

泰詹立刻低头看向地面,忽然很好奇那些混凝土裂缝之间都有些什么。他又用力抓着胳膊,仿佛自己干燥的皮肤褶皱里也爬着水熊虫。他不知道,因为他看不见它们。杰斯敏看着他坐立不安的样子,不禁失笑。哈,她还从来没有亲眼见过泰詹紧张的样子。

泰詹不怕鼻屎,不怕狗屎,不怕吃虫子,这些他都不怕。不过,他之所以不怕,也许是因为他能看见它们,他可以碾碎它们,揩掉它们,让它们消失。但杰斯敏突然意识到,他似乎被那些碾不碎、揩不掉的东西吓坏了。因为这些看不见的东西就生活在他周围，甚至就生活在他的身上，而他完全无计可施，无能为力。

他们走到了泰詹家。他家没有院门，没有栅栏，前院只是一小块干巴巴的草坪。小小的木制房屋，看上去似乎不像是用推土机之类的机械建造的，而是用人类的双手和爱，用锤子、钉子和更多的爱，一点儿一点儿敲打出来的。纱门上有个洞，那个洞已经在那里很多年了，罪魁祸首是泰詹的脚。

他说他的脚有时候会发疯，会乱踢、乱跺、乱跑。他说这怪不得他，他也管不了。杰斯敏听了总会笑，因为他的笑话听起来总是那么有趣。不过她也知道，这些话几乎从来都不是什么笑话。

他们肩并肩，坐在门前的台阶上，又讨论了一阵关于水熊虫和鼻屎的事，最后得出结论，他们也许既是水熊虫又是鼻屎。

"要不叫水熊鼻屎虫？"杰斯敏一边系鞋带一边建议道。

泰詹稍稍做了一点儿调整："叫……水鼻屎熊怎么样？"

"啊，水鼻屎熊。"杰斯敏直起身来，点了点头，"这名字我喜欢。"

身后的纱门开了，传来刺耳的开合声，让人想起泰詹唱歌的声音。

放学后

"我就觉得门外有声音。"说话的是泰詹的新妈（也没有那么新啦）。梅西女士成为泰詹的妈妈已经有六年了。她穿着工作服——海军蓝的裤子、海军蓝的衬衫，胸前别着名牌，脚上蹬着一双毛茸茸的、暗粉色的居家拖鞋。她弯下腰吻了吻杰斯敏和泰詹的头顶，身上仍残留着一天辛苦工作后留下的淡淡气息。"学校怎么样？"

"还行。"泰詹挤眉弄眼地傻笑着，抓了抓脑袋。

"非常好。"杰斯敏在一旁帮腔道。

"我就爱听这句话。"梅西女士说，他们俩都知道她接下来会说什么，"那么……你们今天学了些什么呢？"尽管梅西女士总会问同样的问题，每天如此，但她说话的腔调却总是兴致勃勃的。

杰斯敏看了看泰詹。泰詹也扭头看了看杰斯敏，他左边鼻孔里又探出了一坨鼻屎。就像所有的鼻屎一样，它似乎是凭空出现的。泰詹伸出手背蹭了蹭鼻子，两个人就像在周日的唱诗班上那样，异口同声地回答道：

"啥也没学。"

普拉采街

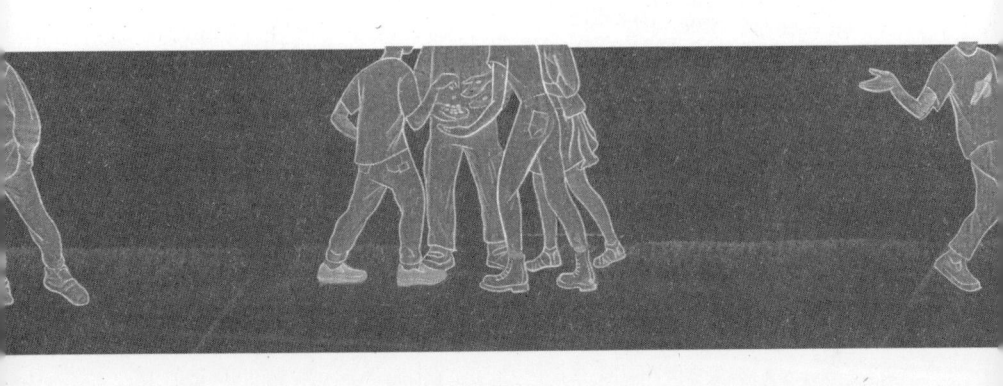

冰激凌和彩虹糖屑

告诉你吧,要是看到卓卓·华生、弗兰西·巴斯金、翠丝塔·史密斯,特别是看到布里顿·伯恩斯(绰号"比特")的时候,你最好当心自己的口袋。

那四个家伙号称"平头帮",会偷走你口袋里任何带响儿的东西。哪怕你小心翼翼地把它们掖好了,甚至把手揣在口袋里捂着,只要硬币发出一丢丢响动,就别想逃过他们的耳朵。事实上,如果可能的话,他们都不用从别人口袋里掏。

有一次,他们走进一家便利店,看见柜台上放着一个方便顾客找零的小盘子,上面写着"与人方便,拿取自便"。结果,他们拿走了盘子里所有的硬币。

在他们这儿,没有与人方便,只有拿取自便。

好吧,他们并不是只干了那一回,而是经常这么干。因为他们老这么干,商店的老板们把零钱盘子挪到了收银台的后面,遇到不方便找零的顾客,宁可麻烦点儿把零钱盘子递过去。

有的时候,比特、弗兰西、卓卓和翠丝塔还会撺掇别人玩"硬币对抗战"。规则是这样的:两个人分别拿一枚25美分的硬币立在桌子上旋转,谁的硬币先把对方的硬币撞倒,或者谁的硬币转的时间长,就算谁赢,倒下的硬币归赢家。不过,这个规则对他们四个人来说没什么意义。不管谁来应战,都是硬币先倒的那一个,不然的话,倒下的就是那个应战的倒霉蛋了。为了25美分被打肿眼睛,实在划不来。

然而,平头帮并不是为了偷而偷。他们偷东西也不是为了好玩。事实上,他们一点儿都不喜欢这样,之所以这么做,纯粹是因为迫不得已。至少他们觉得是迫不得已。在为自己的小帮派起名"平头帮"之前,他们本来属于另外一个群体——也是迫不得已才沦为那个群体的。

那个群体被大家称为"白食帮"。名字听着很酷,其实不然。叫白食帮,当然是说他们能吃免费的午餐。不过,这并不是因为他们很特别,或是因为他们受人欢迎和爱戴,所以学校食堂免费为他们提供马苏里拉奶酪棒和炸薯条。相

放学后

反,这是因为他们的父母很穷,囊中羞涩,家徒四壁,一贫如洗。这些人家掏不出余钱来让孩子在外面填饱肚子,连午餐钱都没有。平头帮的每个成员家里的境况都是这样。

这种事没什么可自豪的,也没什么可丢脸的。不过,学校里有些同学总是试图让他们产生这样或者那样的感觉。

"喂,要是我每天把我的比萨饼边儿都给你,让你攒着,那到了期末,你就能攒出一整条面包啦。"有个叫安德鲁·诺茨的孩子讲过。比特听说了之后……这么说吧,那个叫安德鲁的家伙再也不敢开这种玩笑了。

准确地说,吃免费午餐的并不是只有比特、卓卓、弗兰西和翠丝塔他们四个,不过,只有他们四个的父母是癌症患者。学校的辅导老师莱恩女士把他们四个组织在一起,成立了一个校内互助组。

他们几个围坐成一圈,来回传递纸巾盒,谈论自己的父母瘦得皮包骨头、头发稀疏脱落、身体不听使唤,谈论自己看着这一切时心里有多难过,谈论不知道自己的爸爸或者妈妈能不能活下来时心里有多害怕,谈论要是他们死了自己的日子该怎么过。

但他们四个从没有谈论过的是,癌症的手术和治疗费用如何庞大,如何让他们和父母的生活偏离轨道,入不敷出。家里的钱都填在了这上面。

但莱恩女士并没有让大家谈论这件事,这跟她没关系。这件事本来也不用比特操心,他一直假装很坚强,从没往这事上想过。事实上,如果比特的妈妈没有把治疗的事情都告诉他,大家压根没往这方面想过。可她说了。比特把这件事告诉了其他几个伙伴。他们也回家询问各自的父母这是不是真的。

"那不是你该担心的事。"卓卓的妈妈是这么回答的。她得了乳腺癌。

"谁告诉你的?"弗兰西的爸爸反问道。他得了前列腺癌。

"我……我们不想对你撒谎。"翠丝塔的父亲是这么解释的。他得了胃癌。

可见,这是真的。全是真的。

让他们倍感压力的不是癌症,而是没钱这件事。于是他们成立了平头帮。他们把头发剪短,几乎剃成了秃头,以示团结一心,然后——开始偷窃。

他们只有一个规则:只拿零钱,不拿大票。不偷珠宝,不偷钱包。只拿零钱。

通常,他们用这些零钱另外买点儿吃的,补贴午餐。

不过今天,却是为了别的事。

放学后

　　铃声响起。就像扣动发令枪或者拉响汽笛一样,这是一天结束的标志,也是平头帮行动的信号。于是,他们行动了,从各自上课的教室中冲了出来——比特和翠丝塔冲出了英语教室,卓卓是数学教室,弗兰西则是西班牙语教室。他们在各自的储物柜前停下,腾换课本,系好书包,接着冲出学校,到约好的地点会合。

　　教学楼的那扇对开门右侧有三条长凳。第一条长凳上坐着个穿着私立学校校服的男孩,正抚摸着膝头的破滑板,仿佛在安抚一只受伤的狗。第二条长凳被格雷戈里·皮茨和他那几个朋友占领了,那几个家伙正拿着一瓶东西挥着胳膊围着他乱喷。那团喷雾气味古怪,闻起来又像肉桂又像大蒜。第三条长凳是平头帮经常碰头的地方,是比特为大家挑选的基地。

　　比特在这群人中个头最小,却是当之无愧的领导。他总是不停地说自己很快就会蹿个儿,会蹿成个子最高的,但没有人相信他。不过,尽管比特的身形只及朋友们的一半,他的自信心却是最满的那个。至于脾气嘛,他能把人直接打晕,相当出名。

　　有个叫特雷的男生总是管卓卓叫"老头儿"。因为卓卓的前额有一撮白发,一出生就有,害得他从小到大都被人奚落。滑稽的是,剃成平头之后,那白发看上去更像一块癣,这下子更容易被人笑话了。卓卓要不是平头帮的兄弟，估计比特也会拿这个开他玩笑。不过，特雷可没那么有眼力见儿。

"我说卓卓，你咋生下来就是个老头儿啊。"

"我说卓卓，你这样子是不是要从中学退休了啊？"

"我说卓卓，你是不是需要个助行器才能……好好走路啊？"

"我说卓卓……"

特雷刚叫出卓卓的名字，还没来得及说后面的话，嘴上就挨了比特的一记"漂漂拳"，整个人斜斜地飞了出去，惨惨地昏倒在人行横道的中间。幸好波斯特女士看到了，急忙过去弄醒了特雷。趁着这位交通协管员忙活的时候，比特一溜烟儿地跑远了。

比特也为弗兰西做过同样的事。她刚剃短头发的时候，男生围着她挑刺儿找碴儿，管她叫"弗兰鸡"，但她毫不理会。这种事并没有为她带来什么困扰。弗兰西就是这样，总会找出法子无视这种事。她不是个斤斤计较的人——大个子学生一般会这样。但比特不是大个子，比特计较。比特从来都是二话不说，挥拳就打。要是周围没其他人，他还会把对方揍晕之后再摸一遍那家伙的口袋。当然，他只会掏走零钱。

放学后

　　翠丝塔不是那种需要比特施以援手的人。她是那种没人敢惹的女生。没错，没人敢惹。说句话的工夫她就能把你"大卸八块"。她爸爸特别疼她，从小就教她武术，人称"跆拳道姑娘翠丝塔"。大家都在学校的才艺表演上看过她的回旋踢功夫，谁也没胆子去招惹她，就连比特也不敢。

　　这样的四个人凑在一起，就成了老师们"重点关注"的对象。他们成了老师们在教师休息室里抱怨的话题，成了老师们眼里的"危险分子"。只要看到他们四个一块儿走过学校走廊，或者坐在一起，或者午餐时间凑在一起说悄悄话，沃克利女士总会摇摇头，朝他们晃动手指以示警告。他们四个的一举一动，他们的奇特发式和高调姿态，让每个人都感到不安。

　　"准备好了吗？"比特一只脚踩着长凳，把大家聚拢在一起问道。只有翠丝塔没有专心听。她在和一个男生说话。那个男生一脸尴尬，似乎怕得厉害。那还用说！

　　"翠丝塔。"比特瞪了她一眼。

　　"准备好了，好了。"翠丝塔凑了过来，从屁股口袋里掏出手机查看时间，"现在是3点16分。"

　　"卡车一小时后到。"弗兰西宣布。

　　"我们来看看，一共有多少钱。"卓卓说着摊开了手。他手上有几枚10美分的硬币，还有一枚5美分的硬币。其他人纷纷掏口袋，搜刮出身上所有的零钱，交给卓卓。卓卓拢着的手掌里又多了几个 5 美分硬币。

这些零钱有的是在餐厅自动售货机的零钱槽里找到的。有的则是在一些瘦猴儿男生的口袋里顺来的，这种人总穿着讨人厌的窄脚牛仔裤，根本不知道自己丢了钱。清洁工蒙克先生打扫校园时总能扫出不少硬币。他们几个会不辞辛苦地从灰尘、口香糖包装纸和发带中把硬币挑拣出来。此外，他们还从老师的办公桌上偷偷顺过一些 5 美分、10 美分的零钱。不过，他们只会从桌子上拿，绝不开抽屉。

很不幸，这一回，连一枚 25 美分的硬币都没有。

翠丝塔一边数，一边用手指一枚一枚地滑动着零钱："70、80、85、86、87、88、89……"

"90 美分？"比特问道。他的目光一边看着卓卓的掌心，一边不忘留意那扇对开门。沃克利女士总是靠得太近，让人很不自在。

"是的。只有 90 美分。"翠丝塔又数了一遍，最后确认道。她看着紧张地来回转动脑袋的比特，"你说，这些钱够吗？"

比特啐了一口唾沫："我们会搞定的。"说完，他起身出发，其他人则跟在后面。他们穿过人群，来到了校门外的阳光下，接着又穿过马路，走上了主路波特尔大道。马路上，

放学后

一辆辆私家车和自行车飞驰而过。校车和公共汽车发出刺耳的轰鸣，排气管冒着滚滚浓烟。

尽管时间紧张，他们几个仍然一边走一边胡乱聊着天。特别是弗兰西，总爱喋喋不休地说个不停。她问卓卓听没听说过一个叫萨奇莫的人，她的西班牙语课上有个叫萨奇莫·詹金斯的孩子，她挺喜欢这个名字。

"没听说过。我都没听说过还有别的什么人叫弗兰西呢。"卓卓耸了耸肩说。

"那倒是。不过，弗兰西是弗兰西丝的缩写啊，"她继续说，"好吧，也许萨奇莫也是什么名字的缩写，比如萨奇玛、萨奇摩尔、萨奇抹茶、萨奇抹茶拿铁、萨奇……"

"没准儿叫萨奇没钱！"比特叫道。这一路上他都在听弗兰西和卓卓的愚蠢对话，还有翠丝塔路上对他说的那些蠢话，这让他颇为恼火。

"比特，我是认真的。"翠丝塔嘟囔道，"你打算怎么写那篇作文啊？"翠丝塔说的是他们的英语作业。布鲁姆女士希望每个学生写一篇题为"假如我是某件东西"的作文，要假设自己是另外一件东西，不能是另外一个人。

"我不是跟你说了吗，翠丝塔？我不知道。"比特说。正在这时，一辆校车从他们身边隆隆驶过。"假如我是校车，怎么样？这个题目总行了吧？"

"不怎么样。"翠丝塔说。校车在前面减速靠站,刹车时发出一阵刺耳的摩擦声。比特捂住了耳朵。

"我真讨厌这种声音。说老实话,我宁愿变成一辆会飞的校车,这样就不用踩刹车,不用发出那种声音了。"比特看向翠丝塔,"你觉得这个主意怎么样?"

"那我要说,这主意真不错,我好像都能看得到——一辆校车从天而降。"翠丝塔低头窃笑,笑得刚好让比特听到。

"好吧,至少我能和火箭沾点边儿。"

他们又走过了六个街区,拐上了克罗斯曼街,在第一栋房子前停了下来。那是一所老房子,位于街角,院子里停着一堆破汽车。私家车道上堆着老式的油桶烧烤炉和巨大的汽车轮胎。这里看上去一团糟,不过这里就是"零嘴儿大师"琪琪女士的家。

从平头帮这几个孩子的父母还是孩子的时候起,琪琪女士就是这一带有名的糖果小姐。她的名气很大,因为她总能保证每个人都能公平地买到糖果。因为她知道,不是每个人都能去得了街角商店。克罗斯曼街的街角就没有商店。实际上,附近五个街区内都没有。所以,她必须这么做。最了不起的是,琪琪女士这儿一天 24 小时都营业。

平头帮的几个人在比特的带领下,列成一队,绕过私家

放学后

车道上的障碍物,来到房前,按下了门铃。门铃发出一阵有旋律的吆喝声,仿佛一个刚睡醒的老人在打哈欠。几个孩子紧张地等待着。比特没那个耐心,火急火燎地又按了一次门铃。

然后他又按了一次门铃。

"快点儿啊。"他咆哮道,"谁有那闲工夫等一整天啊。"

"嘘——"弗兰西说,"你又不是不知道,她总是慢吞吞的。"

果然,又过了几秒钟,木门后传来琪琪女士的拖鞋慢慢地蹭着地板的声音。"来了,来了。可别急得拉在裤子里。"

翠丝塔笑了。琪琪女士总爱说拉裤子的事,就好像所有人按她的门铃都是急着要借用她家的厕所似的。

门开了,琪琪女士站在门口。她是一位身材矮小的女士,一顶乌黑的假发堆在头上,好像故意歪戴的一顶帽子。这顶假发太黑了,特别是她耳后垂下了几缕白发,更显得假发黑得不像话。老人穿着一身绿松石色的运动服,袖口和裤腿儿都剪短了一截,露出杂乱的线头,就像挂着蓝绿色的蜘蛛网。她的脚踝肿着,脸颊也圆鼓鼓的,要不是那一头白发和脸上的雀斑,她那张脸看起来就像个胖婴儿。不过,她一开口,声音听起来却像卡车发动机。

"一二三四五,看看都是谁。"琪琪女士伸着手指指着他们说,"说吧,你们想要什么?"

"我们……"先开口的是卓卓,通常都是他代表大家先开口。他比较会说话。他在口袋里掏了一阵,然后摊开手,露出所有的硬币,"我们有90美分,嗯……"

"我们需要糖果,琪琪女士。"比特突然开了口,他拍了拍手,又重复了一遍,"我们……我们需要……需要糖果。"

"比特。"弗兰西在一旁想提醒他冷静,但比特压根儿听不进去。

"怎么了?我们当然需要糖果啦,而且我们还要赶时间呀!"他说着敲了敲并没有戴手表的手腕,就像在检查脉搏似的。当然,它们一直在跳。

"别这么粗鲁。"翠丝塔平静地说。她实在太平静了,反而吓了琪琪女士一跳。比特终于冷静了一点儿,他兴冲冲地转着手腕,低声催促道:"快说呀,卓卓。"

"我们有90美分,想买糖果,越多越好,能买多少就买多少。"卓卓解释道。

琪琪女士看着他们四个,目光从个头最高的卓卓一点儿一点儿扫到个头最矮的比特。

"我是不是该问问你们到底想干吗?"她问道。但四个人只是看着她,就好像她什么也没问,什么也没说一样。于是,她只好表现得像什么都没说过一样:"在这儿等着。"

放学后

　　琪琪女士有条规矩：孩子们不可以在无人监督的情况下进入房子。尽管她认识他们，也认识他们的父母，但她对来她家买糖果的年轻人总是非常小心，因为这看起来很像是那种经典的、用糖果诱骗小孩的情节。她可不想让别人以为她在干这种事。因为她才不会这么干。所以，平头帮的四个人只好在门口又等了几分钟。

　　终于，琪琪女士端着一张小牌桌走了回来。她把桌子放在房子外面，然后打开前门旁边的小壁橱。大多数人家都会把外套挂在那里，琪琪女士却从里面拿出了几盒糖果。

　　她把盒子放在小桌子上。

　　"好吧，今天摆在这儿的都是1美分、5美分、10美分的糖果，都是我这儿的老货色。"

　　"我们每次来这儿，你都是这么说的。糖果要是不新鲜，可没人要，琪琪女士。"比特说着，努力让自己冷静下来。

　　"这些糖果没有不新鲜，布里顿。它们只不过是老式糖果。就好比说，你们花了钱买迈克尔·乔丹球鞋，然后等着它变成复古款，明白吗？我指的就是这个，它们都是复古糖果。很难买到的！我小的时候啊，一颗糖只要1美分，不过现在我要多收你们4美分。就算是——态度税。"见比特歪着头不解，琪琪女士也歪过头，继续道，"就当是让你们交学费了，孩子。再说了，随着时间的推移，所有的东西都会越来越贵的。"

"那叫通货膨胀。"弗兰西说。

"膨胀？我看是紧缩还差不多。"比特小声嘟囔着，拍了拍干瘪的口袋。

"你说什么？"琪琪女士问道，把最后一个盒子也放在了小桌子上。

"没什么。"卓卓急忙替比特回答道。

"好吧，你们都知道大致有什么种类，"琪琪女士说，"我这儿有玛丽珍鞋子糖、蛋卷糖、松鼠坚果拉链糖……"

比特想竭力忍住笑，但嘴却好像漏气似的发出了一声"噗"。不管他多严肃、多紧张，每次听到松鼠坚果拉链糖的名字，都会绷不住。

"让她说完嘛。"弗兰西咯咯地笑着说。

"松鼠坚果拉链糖，"琪琪女士又重复了一遍，然后继续往下报名字，"救生圈糖——每个都是独立包装，蜂蜜露珠糖、查尔斯顿口香糖、巴祖卡泡泡糖，还有……"她扭头往壁橱里望了望，自言自语了几句，又转过头来，"我认为，就你们能出得起的价钱来看，就是这些了。"

几个人俯身看着桌子上所有的糖果，试着决定到底怎么选最合适。最后，弗兰西开了口。

"你怎么看，比特？"

放学后

"哟?现在你们倒问起我来了。"他气气呼呼地说。

"别这么小心眼儿嘛。"卓卓在一边说。

"我们都知道,你比我们更知道怎么处理。"弗兰西说,"你懂的,我是说,你知道……怎么……利用这些糖。"

"对对,就是这个意思。"翠丝塔摇着头说。

琪琪女士捂住了耳朵:"不要说了,我可不想知道。"

比特转头看向她:"你说过,这些都是你年轻时候卖过的糖果,对不对?"

琪琪女士把手从耳朵上挪开:"没错。"

"那你最喜欢哪一种?"

琪琪女士看了看桌子。"唔。玛丽珍鞋子糖和救生圈糖肯定不相上下。我是说,玛丽珍鞋子糖里混了花生酱和枫糖浆,那滋味简直就像在天堂。不过,救生圈糖是纯蔗糖风味的,那滋味就像……拯救生命的小天使。"

"所以,我们要尽可能多地买这两种。"

琪琪女士开始计数算账。几秒钟后,几个孩子面前放了18块糖果——9块玛丽珍鞋子糖,9块救生圈糖。

卓卓伸出手,硬币落入琪琪女士的掌中,比特则捞起了糖果。

"回见,琪琪女士。"他一边说,一边转身走开。

"总有一天,你会学着礼貌待人的,"琪琪女士拍着巴掌回答道，"回去告诉你妈妈，我在为她祈祷。事实上，你们几个的妈妈，我都在为她们祈祷呢，小傻瓜。"

"我们现在叫平头帮。"弗兰西笑着说。

"行。平头帮，寸头帮，随你们怎么叫。反正在我眼里，你们都是小傻瓜。"

"得啦，快走吧。"比特站在私家车道尽头，晃着身子，焦急不安，"我们没时间了。"

几个人再次返回主路，回到了繁忙的波特尔大道上，车辆川流不息，放学回家的孩子和行人在路边闲逛。"账怎么算，弗兰西？"卓卓一边问，一边从口袋里掏出一叠三明治袋子。

说到算术，弗兰西是平头帮里最聪明的一个。她可以直接心算，比特和卓卓必须要靠计算器才能算得出来，要是让翠丝塔算，得花两页纸来列除法竖式。

"一共18块糖。我们可以这样，每3块糖算一份，一共分成6份。每份卖1美元。"

"那只能卖6美元。"比特说。

"是啊。那就够啦。"卓卓答。

"不够。我们还需要更多。我们可以卖更多钱。"比特转过身来倒着走，这样可以一边走路一边看着朋友们的脸，"我了解这些人。我是说，我很了解这种人。他们从来都不带零钱。从来都不带。所以呢，我们要是卖 1.5 美元，他们会给我们 2 美元。还有，因为我们没时间折腾太多次，所以呢，我们就每 6 块糖算一份，一共分成 3 份。我每份卖 2.5 美元，他们都会付 3 美元。这样就能卖……"

"能卖 9 美元。"发现没有？虽然弗兰西的数学最好，但论起兜售的学问，毫无疑问，还是比特最厉害。

他们要去普拉采街。实际上，刚一算出数字，他们就往那儿跑去了。几个人跑到街角停了下来，上气不接下气地开始收拾糖果。3 个三明治袋子，每个袋子里装着 3 块玛丽珍鞋子糖和 3 块救生圈糖。

翠丝塔又从屁股口袋里掏出手机："现在是 3 点 44 分，我们还有 15 分钟。"

"我们得速战速决。"弗兰西一边说，一边给袋子打个结封口。

他们又走过一个街区，来到一栋似乎是老房子的建筑前。建筑临街的墙面上有一块牌子：普拉采台球厅。

平头帮众人站在路边，盯着大楼看了一会儿，准备鼓起勇气走进去。但比特没给他们时间，一声令下："冲！"便率先朝门口冲去。他推开门，走进烟雾缭绕的建筑，门轴嘎吱作响，卓卓、翠丝塔和弗兰西紧随其后。

里面很安静，只听到撞球的声音。紧接着，撞球的声音也停了下来。一群老家伙转过身看着进来的几个孩子。他们的嘴里叼着香烟，人看上去也像皱巴巴的老烟卷儿。大家彼此尴尬地注视了几秒钟后，比特鼓起勇气，耸了耸肩，开了口："卖糖果喽。"

从古旧的木制吧台后走出一个男人。"小孩儿，你们不能进来。"

比特当然知道，他不能进来。他们这些小孩儿根本不被允许进这儿。但他观察过这个地方，观察过好一阵。他坐在街对面，暗暗记下谁会进去，会在里面待多久。每次门一开，总会从里面呼啸着带出一股浓烟。伴随着烟雾出来的还有骂骂咧咧的输了钱的人、笑着炫耀赢了钱的人。这里是打台球的地方。不过，更重要的是，比特知道，这里也是私下兜售东西的好地方。

"我是不是认识你啊？"另一个大人问道。

"你认不认识我无所谓。"比特反驳道，"我和朋友们是来卖糖果的。想要就买，不买拉倒。"

卓卓、翠丝塔和弗兰西以前听比特这么说过，对这句话印象深刻。这不是他们第一次这么做了。有一次这几个孩子走进一家宾果游戏厅①，听到比特对一位老太太说，他是她的

---

① 宾果游戏（Bingo）是一种靠碰运气取胜的游戏，因游戏中第一个成功者会喊"Bingo"表示取胜而得名。

巨魔娃娃，是她唯一需要的幸运符。不过，这一次不一样。比特的声音好像被刀划过似的，带着一种他们从未听过的尖锐。

问话的家伙的确认识比特，知道比特就住在这附近。那家伙曾经为比特妈妈修过车。当时比特就站在他旁边，目不转睛地盯着他在发动机盖下的动作，生怕他骗妈妈的钱。

"我们不想要什么糖果。你们干吗不……"

"我们这儿有玛丽珍鞋子糖和救生圈糖。"弗兰西上前一步，高举起手中的袋子，就好像里面装满了金币。

"是的。我们有玛丽珍鞋子糖和救生圈糖。"比特跟着卖力地兜售道。

"玛丽珍鞋子糖？"一个戴着眼罩的男人从房间那一头吆喝道，他把台球杆放在旁边的桌子上，朝平头帮走了过来，"你们几个怎么会知道玛丽珍鞋子糖呢？"

"反正我们有。还有救生圈糖。"

"而且每个都是独立包装。"卓卓补充道，这可是琪琪女士反复强调过的细节。

男人笑了。"我都不记得上次吃玛丽珍鞋子糖是什么时候了。"他拍了拍身旁的伙伴，"你记得吗？"

"真是好久以前的事啦。以前去南边看我爷爷的时候，他的口袋里总是装着这些东西。糖都融化了，可味道还是特别好。奶奶以前常给我们买草莓糖,要是没草莓糖了,就给我们买樱桃口味的救生圈糖。"

"对,还有牛油糖。"另一个人搭话道。

"哎哟,一说起来就刹不住口啦,嗯……我记得还有松鼠坚果拉链糖。"这一次开口的是台球厅的老板。

"这些糖都棒极了,先生们……"比特适时打断了他们的怀旧,"不过,就像这位先生说的,我们不能进台球厅,所以……"

"多少钱?"眼罩男问道。

比特转过身看向他的朋友们。他的眉毛微微挑了挑。这个动作只有几个朋友能看到。

"一袋里有6块糖,两种口味,每种口味3块糖。一袋卖2.5美元。"

"2.5美元!那可是几美分一块的糖果!至少我小时候就是这个价钱。"眼罩男简直难以置信。

"我妈说,她小的时候汽油还只卖1美元呢。"比特反驳道。

"我还听说一双乔丹鞋大概要卖80美元呢,"卓卓继续帮腔,然后再次盗用琪琪女士说过的话,"我猜,随着时间的推移,所有的东西都会越来越贵的。"

平头帮的几个孩子十分默契地一起耸了耸肩。

放学后

"那我倒要和你说道说道,有的东西从来都不便宜,孩子。"眼罩男说。

"我也要说道说道,有的东西叫作可遇不可求,那就是——玛丽珍鞋子糖!"另外一个家伙一边掏口袋一边说。显然,他完全不知道,有位女士就在街角卖这个东西。"你刚才说,2.5美元?"

"对。"比特说着,踮了踮脚尖,有点儿着急。

"能找零钱吗?"

比特又扭头看了看他的朋友们,眉毛几不可察地挑了挑。"找不了。"

那人从口袋里掏出3美元,递给比特。弗兰西递出了第一袋糖。

翠丝塔说:"谢谢你。"

"哎呀,我这钱啊,是从那家伙那儿赢来的,"他对翠丝塔说着,指了指一个红头发的男人,那人笑着低声咕哝了两句,不知在说什么,"8号球,正中底袋。干净利索!"那位买家得意地挥了挥拳头。

一切顺利。另外两包糖也马上被抢购一空。事实证明,台球厅里的男人都不甘心被打败。在卓卓、弗兰西和翠丝塔眼里,这里简直就像是站了一屋子大号的比特。没错,未来的比特也会像这样,永远不甘心被打败。

平头帮挣到了 9 美元之后,立刻推开门冲了出去。几乎没时间了。翠丝塔没有去查看手机。他们知道,已经晚了。因为他们远远地看到,总是停在普拉采街第五栋房子前的那辆冰激凌车,正在缓缓驶离。

那辆冰激凌车每天下午 4 点到,他们走进台球厅的时候,车还没来,如果看不到孩子们等在那里买东西,车就会直接离开——一般 4 点 02 分就开走了。

现在是 4 点 03 分。

于是,他们跑了起来。

四个人在街上狂奔,高声呼唤着冰激凌车停下。车子向前开了半个街区,终于停了下来。平头帮冲到冰激凌车旁,用力拍打着车身。司机从车窗里探出头来。

"是不是差点儿没赶上?"卖冰激凌的人问道。他看起来不像个卖冰激凌的,倒更像个邻家大哥哥。"想要点儿什么呀?"

"四份香草软冰激凌。"比特说。

"杯装还是蛋筒?"

"杯装。"

"要撒彩虹糖屑吗?"

弗兰西、卓卓和翠丝塔看向比特。

"嗯,当然。"比特说。

"四份都撒?"

"对。"比特没有征询其他人的意见。没有人反对。

卖冰激凌的人把冰激凌一杯一杯递出窗口,每个上面都撒上了彩虹糖屑。比特又把冰激凌一杯一杯递给伙伴们,最后把9美元递给卖冰激凌的人。

"一共只要8美元。"卖冰激凌的人说。

"多出来的那1美元是给你的。"比特回答道,"谢谢你为我们停车。"

目送着冰激凌车再次启动远去,卓卓、翠丝塔、弗兰西和比特沿着马路向前走过几栋房子,来到了一栋他们以前来过的小房子前。翠丝塔和弗兰西叫它小可爱,卓卓从来没发表过意见,而比特称这里是家。比特从口袋里掏出钥匙,打开了门。

"妈!"他高声吆喝道,"家里来人了,你穿着衣服吗?"

几秒钟后,比特的妈妈伯恩斯女士从后屋走了过来,接受了平头帮四个人的问候。他们每个人都拿着一杯新鲜的冰激凌,上面没有舔过一下,没有少了一勺。伯恩斯女士看着他们,面容惨淡,皮肤没有了平时那种正常的棕色。

比特妈妈的癌症复发了。不过,医生挺乐观的,认为她能再次战胜病魔。

"嘿。都好吗?学校怎么样?"比特的妈妈一边问,一边吻了吻他的额头。不过，比特没理睬这个问题。

"第一天化疗感觉怎么样？"

"哦，就是……你知道的。化疗嘛，我还行。"但她的声音里充满疲惫，她揉了揉肚子，"有点儿恶心。"

"我就知道你会觉得恶心。所以，我们给你买了一大堆冰激凌。"比特晃了晃胳膊，好像某个游戏节目的主持人在炫耀四个杯子。"是香草口味的。"他说。

平头帮的其他几个成员呆呆地看着"兜售大王"比特。这个能把9毛钱变成9块钱，又变成冰激凌的比特，此时变回了一个儿子，一个担惊受怕的儿子，一个深爱着妈妈的儿子。

伯恩斯女士笑了，她的眼中有什么东西在闪光，那如阳光般和煦的目光从一张脸跳到另一张脸，从一个平头跳到另一个平头，从一个朋友跳到另一个朋友。

"上面还撒了彩虹糖屑呢！"

巴思申街

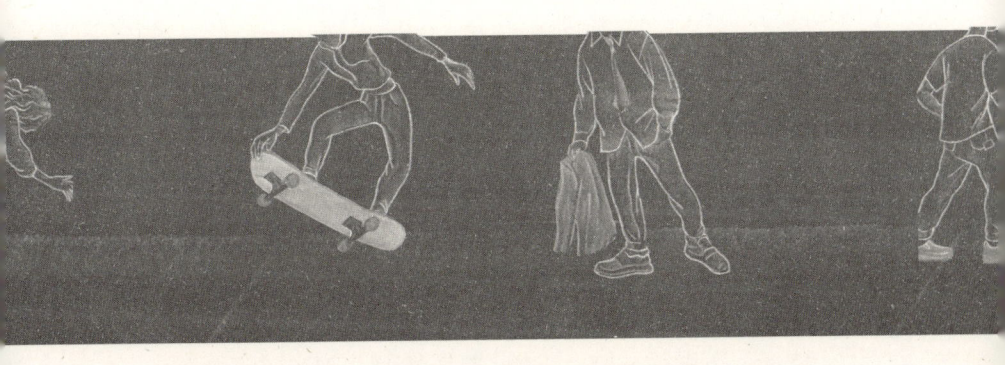

滑板飞掠而过

昨天,下课铃一响,皮娅·福斯特就立刻冲向储物柜,抓起滑板,脚下用力蹬着,在拉蒂默中学的走廊里横冲直撞。滑板轮子飞速滚动,在地板上发出哗啷哗啷的声音,好像一列小火车。她滑得那么快,快得好像驾着一支人人避之不及的利箭,被一张看不见的强弓猛地射出似的。

但我想说的是,如果……如果皮娅知道,这一天回家的路上会和平常不一样,也许她就不会那么匆忙了。

也许她就不会那样无视同学们看见她横冲直撞时纷纷躲闪让路,恼怒得咬牙切齿的样子了。

也许她还会说几句好话,为差点儿撞到某人的脚踝或轧到某人的脚趾而道歉。

也许她还会破天荒地改为步行。

也许，她会干脆留下来和福恩·萨姆斯聊一会儿天。在她认识的人里，只有福恩也玩滑板，只有她也是女生，只有她是皮娅尊敬的滑板手。

也许，皮娅会和她一起调紧滑板轮，聊聊板面上的装饰、贴纸，聊聊穿什么运动鞋更赞。

也许在所有的校车都开走后，她们会一起在停车场练习几个滑板技巧，比如脚跟翻板、脚尖翻板。

也许她们会一起看手机上的视频，看桑蒂穿着连衣裙和轻便舞鞋表演滑板障碍跳的酷炫视频。

也许皮娅会告诉福恩关于桑蒂的事，告诉她发生的那件事。

也许福恩只会听着，并不会说什么，因为福恩也不爱说话，但她会听着，她总是这样。

也许皮娅会把这些都做一遍，也许不会，她不是那么善于言辞。而且，就像所有的滑板手一样，滑板的声音才是她最喜欢的声音：闪开，不然就要你好看！

她为自己的滑板命名为"飞掠"。在她心里，飞掠和她一样，也是女生。

如果昨天史蒂夫·曼森知道那张滑板名叫飞掠，他也许会说点儿什么。如果他知道皮娅其实叫皮娅，知道皮娅的姐

> 放学后

姐叫桑蒂，也许他会勇敢一些。如果他知道那些事，也许会做点儿什么，做一些不同的事，完全不同的事。

布鲁克希尔男校的下课铃声响了，一大群少年冲进了走廊，那里仿佛是雄性荷尔蒙的海洋，绿色的涤纶领带好像一条条尾巴，在他们的脖颈上摇摆。他们穿着和领带配套的校服长裤和夹克。白衬衫的领子被汗水浸得濡湿，衬衫胸口偶尔可见番茄酱留下的红色斑点。不同的是，史蒂夫的衬衫上布满了各种污渍：食物残渣、汗水，还有……马库斯用魔术荧光笔画的涂鸦。

马库斯·布拉德福德喜欢打棒球，他长着一张国字脸，差不多每天都在史蒂夫的衬衫后背乱写。

史蒂夫特别爱出汗，上课时总会脱掉夹克，不然夹克会被汗水浸透——不是夸张，是真能拧出水来。不过，因为他妈妈负担不起年年买新衬衫的钱，他穿在夹克里面的牛津布扣角领衬衫整整大了两个码。学费已经够贵的了，校服只好买大一些，留出长个子的富余。

"所有的衣服，最终都会合身的。"他妈妈总爱这么说。可是，这衬衫实在太过肥大，挨不着身体，史蒂夫根本感觉不到马库斯的钢笔、记号笔在衬衫上乱画的动作。于是，马库斯干脆把史蒂夫的衬衫当成了更衣室的墙壁，用来描绘各种涂鸦和写骂人的脏话。

如果……如果昨天皮娅知道他的名字，知道他叫史蒂夫，如果她能握着他的手介绍自己的名字，然后他也做自我介绍，也许她就能读懂他的表情，读懂他心中的恐惧。也许他也能读懂她的心情，也许不会。

不管怎么说，如果皮娅早知道会这样，她就会取下挂在脖子上的家门钥匙，攥紧钥匙柄，只把犬牙状的钥匙杆露在手指外面，当作临时的手刺，以防万一。

如果……如果昨天史蒂夫没有试图摆脱马库斯和那几个男生，没有试图让他们不再骚扰自己和自己的衬衫，他们也就不会出现在那里。他不能去告状。因为打小报告的人会遭人唾弃，会没有好下场。那天，史蒂夫发现马库斯在他衬衫后背画了个绿色小鸡鸡的时候，马库斯就是这么警告他的。那个涂鸦下面还写了一行字：绿丁软蛋。如果妈妈没有问史蒂夫要那么多漂白剂做什么用，他也不会走到那一步。他干吗要用那么多漂白剂呢？

"我倒不是不高兴你洗自己的衣服，可是，洗涤剂、漂白剂可不是免费的。"妈妈说。

可史蒂夫却不能说，对不起，可学校里有个男生在我的衣服上乱涂乱画。因为那样的话妈妈会说，我送你去私立学校，可不是为了让那些男孩子在你的校服上画小鸡鸡的，这衣服可没打算只穿一年呀！她还会说，我是不是该给校长打

> 放学后

电话？史蒂夫可不想听到这些。

还记得吗，打小报告会遭人唾弃，甚至会没有好下场。再说，布洛克校长已经知道了。他看到了衬衫上的那些涂鸦和文字，只说了一句："男孩总归是男孩啊。"

可是，不管史蒂夫有没有告诉妈妈关于马库斯的事，昨天皮娅还是会走那条路回家。她还是会蹬着滑板穿过走廊，冲过人群，不顾所有人龇牙咧嘴、恶语相加，不顾沃克利女士高声警告她"校园里不许溜滑板"。她只想体验那种早已习惯的自由感觉，那种双脚不必接触地面带来的自由感觉。

滑板载着她穿过校门，在人行道上迂回，在起伏的柏油路上疾驰，躲避着校车的司乘和接孩子的家长。在她眼前晃过安全巡逻员的橙色腰带，在她耳边响起交通协管员的警哨。皮娅从来都不听警哨的命令，因为蹬上滑板就意味着自由。规则都是针对课堂的，在课堂上，老师们会说：积极参与也是成绩评估的一部分。

但皮娅没兴趣参与什么，至少在学校里是这样。她大部分时间都是一边在脑子里想着如何做带板跳外转180度，一边在课桌上潦草地写着姐姐的名字。她写字母"S"时，会刻意写成花体字，很像带尖角的"8"——因为桑蒂总是这样写自己的名字。皮娅会想到做这个滑板动作时，万一扭了脚踝有多疼。

不过，再疼也好过被布鲁姆女士点到名字，让她解释某个故事里的某个从没听说过的老家伙代表了什么。她压根儿没读过这个故事，可布鲁姆女士居然一口咬定她应该读过，因为鲁姆女士说自己让她读过。

皮娅总是准备好一下课就走。去迎风而行，沿着波特尔大道滑向巴思申街，然后在滑板公园逗留一会儿，在桑蒂出事的那条人行道上滑一会儿，最后再滑回家。

史蒂夫从来不敢一下课就走。因为只要他一走，就会被马库斯和那几个男生逮到。

有一回，这帮家伙抓住史蒂夫的领带使劲扯，害得他脖子疼了一个星期。他们管这叫"扯驴尾巴"。领带的三角结被他们拉扯得实在太紧，硬得像块石头，根本解不开。最后他只好从脖颈处剪断，然后把那条像死蛇似的断领带藏在了书包最下面，和妈妈谎称领带丢了。妈妈又气得够呛。

"我送你上私立学校不是为了让你去丢领带的。我送你去那儿是为了让你有一天出人头地！"她气得大喊道。但母亲了解儿子，知道这孩子如果遇到什么烦心事，只要故意不去理睬，也就渐渐地心平气和了。

还有一回，马库斯和其他男生趁史蒂夫不注意，把一杯水泼在了他的裤子前裆上，又双手拢着嘴四处高声宣布史蒂

放学后

夫尿裤子了。尽管史蒂夫一再否认,赌咒发誓说他没有,这帮人依旧不管不顾,不停地号叫着,号叫着:"瞧啊!尿裤子啦!大家瞧啊,这傻蛋尿裤子啦!"史蒂夫羞愧难当,他那副模样就好像他们开的玩笑其实是真的一样。

有那么一段时间,马库斯决定要好好练习摔跤动作。这些摔跤动作是他从电视上看来的。还有谁比史蒂夫更适合当陪练呢?然而,小孩子完全不知道轻重。抱摔,肘部坠击,打桩,人行道上一次压制,两次,三次……其他男生高举双手,像观众一样欢呼,还用手机录下了整个过程。那视频传播得比病毒还快。

所以,史蒂夫从来不敢一下课就走。直到昨天,马库斯和那些男生终于要给他……自由的机会。

昨天,皮娅遇到了他们。这倒没什么新鲜的,她经常遇到他们,他们也经常遇到她,但他们从来没说过话。他们一般会站到一边,让皮娅直接踏着滑板滑过去。通常,站在滑板公园栅栏边的只有三个男生,但这一次却有四个。他们都穿着清一色的绿色校服。

如果皮娅不了解马库斯,她会自然而然地认为,私立学校的男生当然都是好学生。她会认为他们系着领带显得很成熟。她会认为他们都过着完美的生活,住在完美的小区、完美的大房子里,那些房子窗明几净,院子绿草如茵,比他们的校服夹克还要绿。那样的房子，早上会飘出咖啡的醇香，晚上会飘出爆米花的甜香。

但是，她认识马库斯。

马库斯的妈妈开了一家美发店。皮娅的妈妈只要逼着皮娅打理头发时，就会带她去那里。这通常都发生在节假日，打理完头发，妈妈会带着皮娅一起去外祖母家吃晚饭。

妈妈很早就知道，要想让皮娅乖乖地去美发店而不大吵大闹，唯一的办法就是让她带上滑板。皮娅可以在停车场里蹬滑板，等轮到她时，再坐到美发椅子上去，这样就不用一连几个小时枯坐着翻阅旧杂志了。

那些杂志上满是花里胡哨的广告，火柴棒似的瘦高模特烫着各色卷发。这些印刷的广告闻起来很像桑蒂用过的香水。皮娅小的时候，会凑近了闻杂志的书页。有一次，美发店里挤满了人，她不停地闻啊闻，结果店里那些气味古怪的胶水、杂志油墨和鲜花的味道混合在一起，让她犯恶心，吐了一地。从那时起，她妈妈终于让步了，允许她把滑板带在身上。

马库斯经常在店里帮忙，噘着嘴打扫美发店地上的头发。一开始，只要皮娅在美发店外的停车场玩滑板，马库斯也会和她一起出来。有一次，他问她能不能让他也滑一滑她的飞掠。皮娅把滑板踢了过去。马库斯抬起一只脚踩住板面,稳住了身子。然而,他刚抬起另一只脚,滑板立刻从他身下飞了出去。他的身体凌空飞起,一屁股坐在地上,裤子从中间裂开,露出了里面的超人内裤。

但是皮娅没有笑,而是上前试图把他扶起来。但他没法一边拉住她的手,一边捂着屁股,还要一边擦眼睛。后来,他再也没有和她一起到停车场去过,直到多年以后的那一天。

那天,他没有和她说话,也没有开口央求滑她的滑板。他只是坐在路肩上看着她,却假装没有看她。皮娅那天滑得比平时更用力。滑板在柏油路上飞速滑行,板面蹭着路肩,仿佛她在痛恨她的滑板,恨不得拿飞掠出气似的。她尝试了好几个她心知肚明做不出来的动作,一遍又一遍地摔在地上,一遍又一遍地站起来重新开始,完全无视马库斯的假笑。

她永远都忘不了那一天。那天她去美发店,是为姐姐的葬礼做头发。她做了一个高高蓬起的法式盘头①,头发里似乎插了两百个发夹,刚一离开椅子她就觉得头皮发痒。

昨天,当皮娅看到马库斯和那几个男生时,头皮传来同样发痒的感觉。她看到那几个男生领带的系扣,觉得似乎也

---

① 非洲裔往往拥有浓密的卷发。做头发对非洲裔女孩子而言是一种日常生活需要,戴假发也是一种常见的现象。

有领带勒住了自己的喉咙。

因为她认识马库斯。她知道马库斯妈妈的黑眼圈是怎么来的,知道她肿胀的下巴和额头上的包是怎么来的。因为就在两年前的同一天,皮娅洗完头发,坐在吹风机下,等着做那个法式盘头时,她听到了妈妈在问马库斯的妈妈,打算什么时候离开马库斯的爸爸。吹风机在皮娅的耳边嗡嗡作响,记忆中,那两个女人仿佛在龙卷风中窃窃私语。然而,皮娅还是听到了她们在那股风暴中的谈话。

"我并不想掺和你的事,莉迪亚。我发誓真的不想掺和。如果你让我别多嘴,我肯定照办。我是说,桑蒂死了,我还要照顾这个小的,要我操心的事已经够多的了。但我没法坐在这里假装什么都没看见。我做不到好像我一点儿都不在乎你们,不在乎你和马库斯似的。所以,我就问你这一句:在那个男人打死你之前,你打算什么时候离开?"

昨天,当史蒂夫发现,那个街上踩着滑板的女孩将成为目标,成为马库斯和那几个男生接纳他入伙的考验目标时,他吓坏了。他觉得恶心。

"我们……我们要干什么?"他紧张得几乎说不出话来。

"只是个小游戏。"马库斯说着攥紧了史蒂夫的肩膀,好像一个棒球手攥着一颗要投向皮娅的快球。不过,史蒂夫脑子里却乱成了一锅粥。他告诉马库斯,他绝不会对那个女生做任何事。

"我没想让你对她做什么。"马库斯皱眉说道,"我只要你拿走她的滑板。就这样。"

男孩们站成一排,在人行道上形成一堵人墙。皮娅想跳到马路上绕过他们,但她怕撞上迎面而来的车辆,于是放弃了这个念头。她曾经这么干过,简直命悬一线,太可怕了。于是,皮娅不情愿地伸出一只脚,让运动鞋蹭着水泥路面逐渐减速。最后她重重地踩了一下板尾,翻起滑板拿在手里。

"劳驾,让一让。"她礼貌地对马库斯说。

"劳驾。"马库斯说着,挺起了胸膛。

皮娅没有低下头,而是看着每个男生的脸。他们每个人也看着她,只有一个例外——那个新来的男生史蒂夫。他的目光飘忽不定,一双眼睛上下左右乱瞟,只是不看她。

"把你的滑板借我玩玩怎么样?"马库斯说,"就借一会儿。我这哥们儿正在练一个新动作,想跳给我们看看。"马库斯说着,用胳膊肘顶了顶史蒂夫。

"他看起来不像是会玩滑板的人。"皮娅一边说,一边打量着史蒂夫。

"我打赌他滑得比你好。"马库斯拽着史蒂夫向前走了两步。

史蒂夫的样子看上去好像马上要吐了,好像一下子要吐尽五脏六腑,吐尽骨肉躯干,只留下那张皮囊瘫软在人行道上。

皮娅能闻到史蒂夫身上的汗味,十分强烈,比杂志上的香水味道还要强烈。他已经汗出如浆了。不等史蒂夫开口,马库斯猛地上前抓住了飞掠,向后扯去。但是皮娅不肯松手。他们就这么来回拉扯了几下,皮娅两只手死死抓着滑板,就是不松手。马库斯心生一计,换了个法子,他忽然松开了手。皮娅向后趔趄了几下,并没有立刻摔倒,努力保持着平衡。马库斯瞅准时机,又推了一把。这下子皮娅摔倒了,滑板从她手中飞了出去,滑到了街上。恰在此时,一辆汽车鸣着喇叭过来,从滑板上碾过。

"哇哦!"听到木板劈裂的声音,男孩们号叫起来,那股愚蠢的兴奋几乎把皮娅扯碎。

她想喊,可声音嘶哑,声带仿佛裂成了两半。

她站起身,扭头就跑。大脑跟随着脚步在狂奔,在思考,在想着桑蒂。

史蒂夫跟在她后面追了上去。

但皮娅跑得更快。她在想桑蒂的事,想她如何被一个男孩推下了滑板。

史蒂夫终于停下了脚步。

放学后

皮娅飞奔着跑回家。她满脑子想的都是桑蒂,想的都是那个男孩因为桑蒂的滑板技术更好而气得发疯,然后……

他不管不顾地,一把将她推倒在街上。

恰在此时,迎面飞驰而来一辆汽车。

如果……如果史蒂夫知道加入马库斯那伙人会是这样的下场,他昨天就不会来了。也许他会来,但他会说点儿什么,会阻止马库斯那么做。可他为什么没说一个字?他为什么不去阻止?

当他走回人行道时,心里一遍一遍地这样问着自己。当他冲到街上,胆怯地举起双手示意车辆减速,捡起被碾成两半的滑板时,心里一遍一遍地这样问自己。他搂着滑板,仿佛搂着一颗破碎的心。他环顾四周,却发现马库斯和另外那几个男生已经丢下他走了。真是一群蠢货。他也一样。

如果……如果皮娅知道,史蒂夫拾起了她的滑板,把它带回了家。如果皮娅知道,史蒂夫终于向妈妈坦白了一切,坦白了漂白剂的事,坦白了他每天费尽力气洗掉校服上的污渍和墨渍的事,坦白了他剪断了领带藏在书包最下面的事,坦白了他为什么吃不下饭、成绩下滑的原因。如果皮娅知道,他把今天做过的事、没做的事,以及看到的事都告诉了妈妈。如果皮娅知道,史蒂夫的妈妈得知这一切后,终于忍住没有尖叫怒骂,而是帮他粘好了滑板,让他上床睡觉,然后罚他第二天一早起来干额外的家务。如果皮娅知道，在和校长面谈过之后，史蒂夫的妈妈没等放学就早早带着他前往皮娅的学校（这片地区只有一所公立中学，他们猜测皮娅在那里上学），一路上喋喋不休地教育着他，丝毫没理会收音机里的新闻（一辆校车从天而降！），然后逼着他别扭地站在学校正门等着皮娅。如果皮娅知道，史蒂夫是来为他昨天的一言不发向她道歉的。如果皮娅知道这些……

也许，也许，也许，今天她就不会从后门离开了。

今天，她是和福恩一起走的。她们会一起步行去墓地看望桑蒂，然后她要问桑蒂几个问题。问几个关于男生的令人费解的问题。

波特尔大道

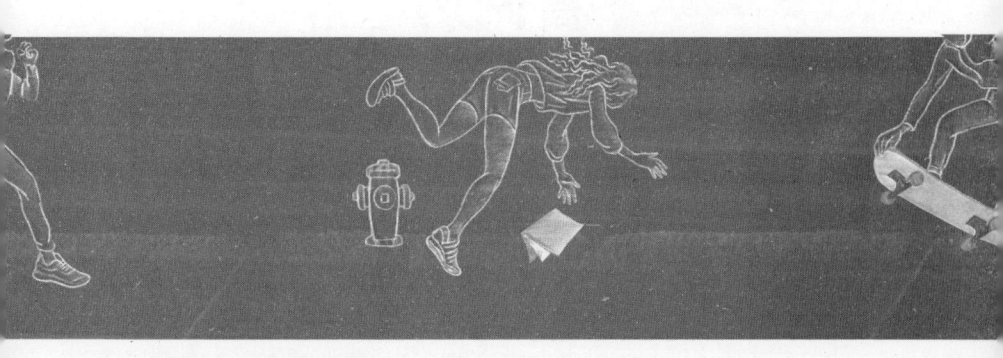

看两边

法蒂玛·摩斯在放学回家的路上只和一个人说话。在和那个人交谈之前,她会列一张清单,记录着她回家路上看到的所有事情哪些发生了变化,哪些没有变。她还会在清单里记下那个人的所有事哪些和以前一样,哪些和以前不一样。

这就是她的清单:

1. 下课铃响了5秒钟。
2. 28名学生(包括我在内有29人)冲出了布鲁姆女士的英语课教室。
    不同:今天,翠丝塔·史密斯和布里顿·佰恩斯跑得比所有人都快,差点儿把山姆·莫斯比撞倒。

3. 我走出教室。

4. 全校的人都涌进了走廊。

5. 太吵了,我听不见自己思考的声音。

6. 我停在储物柜前,准备把笔记本从它的藏身之处拿出来。这样,我就能听见自己的思考了。

7. 储物柜的密码没有变。

8. 我拨错了密码。

9. 我惊慌失措,以为有人把我的锁换了。真要那样的话,我可能永远也拿不到我的笔记本了。

10. 我再次尝试了一遍密码,这一次拨对了。

11. 我的密码锁密码没有变。

12. 我拿出了笔记本,还有完成今天的家庭作业需要用的课本。通常情况下我不需要拿课本,因为我会在放学前就做完所有的家庭作业。

    不同:但今天我有家庭作业。是英语作业,布鲁姆女士让我们把自己想象成某件东西,任何我们希望成为的东西,然后写一篇关于它的作文。

    不过,这个作业不需要课本。

13. 我关上储物柜往校门口走去。这段距离要走 77 到 84 步,具体取决于沃克利女士有没有在走廊中间对某个人大吼。今天她大吼的对象是西米恩·克洛斯,因为他背着肯

> **放学后**

齐·汤普森在走廊里乱跑。这是第二次了（严格来说没有不同）。今天走了 81 步。

14. 走出教学楼。教学楼的那扇对开门总是开着。
15. 门口停着 6 辆校车，两列等着接孩子的私家车。约翰逊先生正在指挥交通。
16. 从门口走到交通协管员波斯特女士站着的街角要走 86 到 94 步。
17. "你好，法蒂玛。"她一般这么问候我。

    不同：今天她说的是"嘿，法蒂玛"。

18. 波斯特女士的儿子坎顿通常拿着扫帚坐在街角的停车标志旁，确切说是一个没有柄的扫帚头，很怪，但也不算奇怪，因为他总是拿着那东西坐在那儿。
19. 我一路直行，不用横穿街道。
20. 我一路数着交通标志（已经有一个停车标志了）、消防栓，还有人行道上的大裂缝。我没有数所有的裂缝，都数的话太难了。裂缝太多了，我只数大的。
21. 不能走得太快，还要留意所有的房子，留意它们的模样。
22. 这些房子看起来都没变，像是用全麦饼干搭起来的。它们都像我六岁时画的房子，一个三角形摞在一个方形盒子上面，只不过要大得多。这些房子都有大窗户。我想，里面都会铺着浅棕色的地毯，还有一个从来不坐人的前厅。

23. 我知道从交通协管员站着的那个街角到我家，一共有19栋这样的房子。
24. 我们家的房子是20号。
25. 我们家的房子看起来和其他房子一模一样，里面也铺着浅棕色的地毯，还有一个从来不坐人的前厅。
26. 正因为如此，我倒不需要花太多精力在这些房子上，专心数交通标志就行了。
27. 第一个交通标志是"前方有学校"标志，上面画着一个大人和一个小孩子。我觉得有点儿怪，因为小孩子可以自己过马路。
28. 我看了道路两边。
29. 路口有个单向行驶标志。这个标志一直都在，但我还是看了两边。
30. 这里车辆限速15英里。有个交通标志上写着呢。
31. 有4个停车标志。每个街区尽头都有一个。
32. 每个街区有5栋房子。住在里面的人我一个都不认识。这一点没有变。
33. 我在想，里面的人会不会看到我每天带着这个笔记本从房子前走过。会不会也像我一样，去数房前经过了多少人。
34. 我在想，是不是所有的房子都像我家的房子那样，里面空荡荡的。人们得工作才能支付账单。我猜，买这种全麦饼

> 放学后

干房子要花很多钱。还有这些草坪、灌木，要请人修剪这些草坪和灌木，都得花钱。

不同：8号房子的大花丛被扯掉了一大片。看上去不像是误剪。

35. 我一直在数路面上的裂缝。我学会了一边低头数地面，一边抬头看路；还学会了走路要看道路两边。

36. 当我走到8号房子前时，我只跨过了人行道上的6条裂缝。是6条大裂缝，大到如果你不知道这些裂缝在哪儿的话，准会被绊倒的。

37. 我见到了本尼，还是在同样的地点。我们是几个月前在这里相遇的，之后每天都在同一个地方见面。她每天都会做同样的事：唱歌。

　　本尼·奥斯汀唱怀旧歌曲时，就好像这些老歌都是新歌一样。她还把旧舞步当新舞步来跳，把旧衣服当新衣服穿。法蒂玛步行放学回家的第一天就遇到了她。

　　法蒂玛的爸爸妈妈给了她严格的指示，告诉她放学以后该怎么做、该走哪条路。其实很简单，因为法蒂玛只要直走就到家了。沿着波特尔大道朝一个方向直走。不用停，不用说话。要抬起眼睛，注意看道路两边。

　　因为要抬眼看路，所以法蒂玛第一天回家时被人行道上

6条大裂缝中的一条绊倒了。那条裂缝形状好像一道闪电，有一侧还微微抬高了一些，相当讨厌，也很危险。法蒂玛的脚趾绊到了裂缝，身子飞了出去。但她跌跌撞撞、踉踉跄跄地挣扎了几下，似乎大脑在说服身体老老实实趴下，可身体却不肯屈服，反而想要跳起来，想要自己做主。

结果，身体说服了大脑，她跳了起来。

然而，她只跳了一秒钟。下一刻，她还是……跌了下去。

法蒂玛重重地摔倒在人行道上，膝盖被蹭掉了一大块皮，刮出几道刺目的血口子。一般人摔这么一跤，通常会在地上躺一会儿，任由刚刚的惊吓像沸腾的水冲刷过身体。于是，法蒂玛就那么躺了大约6秒钟。她躺的时间肯定比5秒钟长，因为有一辆校车停在了停车标志前。法蒂玛听到了车窗玻璃向下摇时发出的声音——咔嗒、咔嗒、咔嗒、咔嗒、咔嗒。法蒂玛知道，当时的车速肯定比每小时25千米要慢得多，估计只有10千米，而且还在减速，最后停了下来。

"哇！"校车上有个男孩叫道。紧接着，一大群不谙世事的孩童学着大人的样子发出阵阵粗俗的吆喝声："正点小妞儿！""摔得好诱人！""天黑了可别怕怕哟！"其实现在才刚过下午3点。

"当心，不要命啦！"有个孩子这样吆喝道。法蒂玛记

放学后

得，说那句话的孩子有点口齿不清，说"心"的时候，听起来像在说"深"，而且十分用力，唾沫星子喷了出来，法蒂玛隔着老远都能看到他喷出的口水。

不过，更吸引她注意的是坐那孩子后排的男孩。那个男孩坐在靠窗的座位上，透过敞开的车窗可见他浓密的头发，好像触须一样从脑袋上冒出来。男孩把一个笔记本举到面前，眼睛跃过本子偷偷瞟她。她能看得出来，笔记本后面的那张脸并没有笑。完全没有笑。

当校车再次发动从她身边经过时，法蒂玛从地上慢慢爬了起来。膝盖传来阵阵抽痛，鲜血淋漓，每挪动一下，每迈出一步，都疼得让她嘶嘶吸气。

接着，她听到了一曲绵长的哼唱。那歌声毫无来由地十分低沉，多数人会认为是那种典型的黑人灵魂乐哼唱，只不过她哼唱得并不是那么好。当然也不算差。不过，毫无疑问，比校车的声音热情、温暖多了。

"准备好吧！"那歌声的主人是一个女人，她高声唱道。她沿街边走边跳，挥舞着双臂，仿佛在想象中击打着一面巨大的、无形的鼓，十分与众不同。女人的身材并不高大，也不娇小，不胖不瘦，却穿着一件勉强能套进去的夹克。那是一件绿色的夹克，胸前的口袋上缝着校徽。夹克很脏，里面的白衬衫被汗水浸得濡湿。绿夹克下是一条浅粉色的裤子，裤腿上的两道裤线烫得笔挺而锋利,仿佛每走一步都能割断空气似的。

"我已疯狂!事实就是这样。准备好吧,迎接这血债血偿。"①然后她又抬高了声调重复哼唱道:"血债血偿!"她一边唱着,一边让身体跟随着歌曲的旋律双脚点地,旋转着移步。

法蒂玛并不认识这位女士,也不知道她在干什么。她从地上跳起来,抓起书包,一瘸一拐地往前走。而那位女士也一瘸一拐地走着,一直走到法蒂玛身旁,再次尖声唱道:"准备好吧!"法蒂玛浑身颤抖,停下了脚步。

歌声停了。

舞步停了。

那位女士也停了下来,就那么一动不动地站在人行道中间。她的面目模糊,皮肤松弛,看不出表情。

那天下午,法蒂玛的爸爸妈妈下班回到家,正要开口询问她第一天走路回家的情况,却先注意到她步履蹒跚。法蒂玛已经用酒精清洗过伤口(嘶——真疼!),而且在两个膝头上贴了创口贴。

"你为什么那样走路,法蒂?"妈妈张开怀抱搂着法蒂

---

① 这是美国灵魂乐黑人歌手詹姆斯·布朗的歌曲 The Payback。

玛问道。

"我在回家的路上绊倒了。摔得挺狠。"法蒂玛解释道，仍觉得有点儿尴尬，"有辆校车刚好路过，车上的小孩儿看到都笑了。"

她把事情的经过说了一遍，但没有提到那个穿粉色裤子的女人，因为她知道，如果告诉了妈妈，妈妈就会告诉爸爸，那她以后就再也不能走路回家了。那样的话，她渴望的独立生活就结束了。又要回到随时有人看护照顾的日子，又要回到什么时候吃零食、吃什么零食，什么时候看电视、看什么电视都有人管的日子了。她不想那样。

尽管第一天自己走路回家挺不容易，但只要她能自己回家，能独自待在家里，能用微波炉热几个炸鸡块，然后学着爸爸那样，假装自己是个空乘员就够了。为了这个，不管遇到什么困难，都值得再试一次。

救生衣就储存在您座椅下方的口袋里。使用时取出，经头部穿好。将带子从腰上由后向前扣好系紧。在客舱内请不要充气。每个客舱出口均配有紧急疏散滑梯和救生筏，遇到紧急情况时，请听从乘务员指引，有序撤离飞机。有关紧急出口的其他说明，请阅读《安全须知》。

发生紧急情况时，氧气面罩会自动脱落。用力向下拉面罩，尽快罩在口鼻处，将带子套在头上进行正常呼吸。如有随行儿童，须自己先戴好，再帮助他人。

这些广播词她从小就记住了。这些年来，她听爸爸说过各种不同的改编版本，比如"发生紧急情况时，洗澡水会自动放出。用力向下拉毛巾，尽快擦拭口鼻处"。还有"内裤没有脱下时请不要拉屎。每个出口均配有紧急疏散滑梯和救生筏，具体而言就是马桶"。每次他这么说时，还会伸出两根手指，好整以暇地指示着卫生间的方向。

"我总是和你那么说，你一定得认真听，亲爱的，"此刻，妈妈细细叮嘱道，"你必须仔细看马路两边。甚至还要……不管你爸爸是怎么说的，甚至还要……低头看地面。"

第二天，法蒂玛在回家的路上一直低头看着路面。她研究得格外专注，甚至都没留意到头顶上方正在形成的乌云。她差不多刚走到前一天被柏油路裂缝绊倒的地方，雨点就落了下来。紧接着，暴雨倾盆，几秒钟内就淋透了她。当同一辆校车缓缓驶过时，车里的孩子把脸紧紧贴在车窗玻璃上，大笑着朝她指指点点。这一点她已经预料到了。那个口齿不清的男孩把唾沫溅在了窗户上，又用袖子把它擦干净。坐在他后面的男孩又把笔记本挡在了脸前面，眼中仍然没有笑意。

那位唱歌的女士也在那里。在街上跟着节奏啪嗒啪嗒地走着，就好像完全没有下雨似的。她仍在唱歌，但暴雨的声音盖过了她的歌声。这一次她穿着燕尾服，戴着礼帽，手中还拿着一把并未撑开的雨伞。

她朝法蒂玛伸出雨伞。"你弹吉他吗？"她问道。

"啊？"法蒂玛一头雾水。她并没有看到什么吉他。

"你，会，弹，吉，他，吗？"那位女士一字一顿地又问了一遍，用手在那把收拢的雨伞上做了个拨弦的动作。不等法蒂玛回答，那位女士又说："是呀，你会。那就弹吧。我一眼就看出来了。哈！本尼从来都是这样，一眼就看出来了！"

这位叫本尼的女士再次朝她伸出雨伞。法蒂玛伸手接过，然后撑开了雨伞。本尼说："哇哦！听起来太棒了！"她有节奏地晃动着脑袋，打着响指，"那就来一曲独奏吧！来吧，来吧！为他们痛痛快快表演一场吧！"本尼停下脚步，为法蒂玛挥手欢呼道。但法蒂玛没有演奏。她只是把伞撑过头顶，加快了脚步。

"一切都没有变，法蒂。至少没有什么大变化。"那天吃晚饭时，法蒂玛的妈妈对她这么解释道。她的工作类似于环境科学家，所以在她眼里一切都是这样的。"如果你看到乌云，那就等着下雨好啦。如果你看到地上的裂缝，那就抬起脚好啦。如果你看到房子，那就知道，它们天天都是一个样儿。因为房子不会移动，不会改变。"

"只要按部就班，就能减少风险。"爸爸一边插话，一边狼吞虎咽，因为他还要赶飞机。

只要按部就班，就能减少风险。法蒂玛害怕冒险，害怕被绊倒，害怕下雨。她希望回家的这条路上，所有的事都是可以预测的，这样她才能安全到家。

那天晚上，她想起了那个拿着笔记本的男孩——就是校车上坐在爱喷唾沫的男生后面的那个。她想到他躲在那个穿环单线笔记本后面的样子。似乎那样能让他觉得更安全，外界的变化就……更少。至少在法蒂玛眼里看是那样。

于是，她决定用笔记本做同样的事。她决定记下生活中的各种事，这样就能发现哪些保持不变，哪些发生了变化，这样她就能做好准备，应对这些变化可能带来的后果。她的妈妈做实验时也是遵循着这种方法。这些年来，妈妈一直在用科研项目中的工作方法来教她。

"为了弄清楚这些植物在自然光下和在室内灯光下的生长情况有什么不同，我们就必须记录每一个常量和每一个变量，然后记录下植物的生长状况。要记下每片叶子的变化，每长高一英寸的变化，而且每天都要这么做。"一年前，妈妈就是这么教她的。

接着，第二天，下课铃一响，法蒂玛的数据收集工作就开始了。这是一份几乎从未变过的流水账：下课铃，走廊，储物柜，密码锁，教学楼门，街角，交通协管员，房子，交通标志……

还有那位唱歌的本尼女士。关于本尼的那个部分，从第一次见面的那一天起，她就始终如一地每天都不一样。

37. （继续。）今天，本尼戴了一顶黑色的假发。假发是直的，刚好垂到下巴。她还穿了一条天蓝色的连衣裙，脚上蹬了一双军靴。

    不同：她唱的是"离家的孩子，四处乱跑。快回去吧，回家去吧，回到属于你的地方去吧。"①

    不同：她的舞步。她脚下的步伐看起来像是在铲地或是在挖地。

38. 我对她说了话。

39. 她也对我说了话。她叫我"梦想家法蒂玛"。她说"梦想家"的时候，发音很像"梦小家"。

40. 我问她近况如何。她回答说很好。

    不同：她告诉我说，她看到一辆校车从天而降。

41. 她总爱说那样奇奇怪怪的话。

---

① 这是美国黑人歌手 G.C. 卡梅隆的歌曲 Runaway Child, Running Wild。

42. 她问我今天遇到了什么不一样的事。

43. 我告诉她，今天翠丝塔·史密斯和布里顿·伯恩斯跑得比平时更快。还告诉她今天我的家庭作业是布鲁姆女士的英语作业，我得想象自己是某件东西。我还指了指8号房子不见了的鲜花。我以为本尼会从背后或者假发下面拽出一朵鲜花来。这很像本尼会做的事，她可能会把它叫作麦克风。

44. 本尼点了点头。

    不同：她开始吟唱："但你打算如何改变这个世界？如何改变这个世界？"

45. 本尼和我一起走。

    不同：她现在开始尖叫："你打算如何改变这个世界？如何改变这个世界？你打算如何改变这个世界？！"

46. 我没有理会本尼，继续数着房子。

    不同：本尼没有停下。因为，这不是一首歌。

47. 我继续数地面的裂缝。

    不同：校车驶过时，本尼仍在尖叫。她叫道："看哪！"但我没有看。我不想去看车里是不是有人在嘲笑本尼，或者在嘲笑我。

48. 我继续数着交通标志。

    不同：尽管这些交通标志每天都在同样的地方，可我却几

> 放学后

乎听不到自己在思考。

49. 我在15号房子前停了下来。这里离我家只有一个街区。通常,本尼会在这里和我分开。

    不同:本尼跑到我的面前,倚着停车标志杆问道:"法蒂玛,我是认真的。你打算如何改变这个世界?"

50. 我看了看道路两边。

    不同:我想到布鲁姆女士留的作业。我能成为什么呢?我希望自己成为什么,才能去改变这个世界呢?我想告诉本尼,我可能想成为一坨湿水泥,来填补人行道上的裂缝。不是为了把自己藏起来,而是为了防止别人被绊倒。或者,我想成为一把雨伞,为别人挡雨,让他们不会被雨水淋湿。但我没有对本尼说这些,因为我觉得,这两件事都不会改变这个世界。所以我告诉她我不知道。

    我不知道。我不知道如何改变这个世界。

    然后,我问她,能不能借我一件她的乐器来演奏。

伯曼街

使命召唤

布莱森·威尔斯今天没去上学。是妈妈做的主,让他在家待一天。他的眼眶淤青,嘴唇破裂,下巴肿胀,到处都是擦伤。不过,妈妈让他请假在家倒不是因为这些伤,而是因为她觉得这是个平息事态的好办法。把他拉出来,站远一点儿,给事态的发展留一个喘息的机会。

在离开家上班之前,妈妈对布莱森絮絮叨叨了一大堆——她爱他,为他感到骄傲,不过最重要的是叮嘱他不要整天玩电子游戏。布莱森的爸爸跟在妈妈的身后走进了他的房间,也对他说了同样的话,只是没有提电子游戏的部分。

"爱你,布莱。"爸爸说着,和每天早上一样,一遍又一遍地亲吻他的脸颊,直到布莱森含糊不清地咕哝了一句话,在爸爸听来大概可以翻译成"我也爱你",这才离开。看着父母离开,布莱森在床上翻了个身,长毛绒床垫上突然像是铺了一床钉子,刺痛着他瘀伤的身体。

几个小时后,布莱森醒了。他翻身下床,打哈欠,伸懒腰。这一连串动作,让他觉得身体仿佛要四分五裂了一般。他慢悠悠地穿过门厅来到厨房,用微波炉加热了一碗燕麦片,又倒了一杯苹果汁,然后在电视机前坐下。尽管有妈妈的叮嘱,他还是打算玩电子游戏,而且打算玩一整天。

他不想去想学校的事,不想去想放学的事,不想去想回家路上的事,一点儿都不想。可是,他就是忍不住。这些思绪萦绕在心头,就好像烹煮咖啡,那股香气过了很久,还会飘浮在房子里,无法散去。

布莱森慢慢地咀嚼着粗麦片,咽了下去,脑海中再次浮现出那个情景。记忆又把他带回到那一刻,怒火中烧。一片混乱,无数的拳脚相加。每个人都举起了手机,录下了当时的画面。

昨天晚上,他在社交媒体上看到了,那些视频传得到处都是,配了各种评论,加了各种滤镜和表情,还有话题标签——#伯曼街恶斗。

在那些不停晃动的视频中,他奋力反击,努力不让自己倒下。一旦倒下,一切就结束了。每个人都知道。一旦倒

放学后

下,就再也别想爬起来,再也别想赢回来。

他退出了社交软件。过了一会儿又重新登录进去,然后删掉了手机上所有的社交软件。至少这几天先不用社交软件。他本来……本来不想那么做的,但妈妈逼他这么做,让他远离那些视频、嘲笑和点赞,远离那些吸引眼球的标题和孩子们的古怪举动。

这群小孩儿在学校里几乎不怎么说话,却早早掌握了社交媒体上的"吸睛大法",知道如何配上完美的光线和拍摄角度,把脱离现实的无聊小事变成了奥斯卡级别的大片。此刻,布莱森独自坐在客厅的地板上,努力吞咽着泡软的燕麦,努力想忘掉这一切。

只有"发动战争"才能忘掉这一切。

电视屏幕亮起来了。

《使命召唤》。

Xbox游戏机开启了。

耳机戴上了。

游戏手柄握紧了。

布莱森·威尔斯一头扎进了第二次世界大战的浩瀚场景中。

阿泰·卡森今天去上学了。尽管新谣言已经取代了昨天的旧谣言，但他仍然觉得，在学校里的每时每刻都有人在监视着他，在盯着他看。谣言只会持续一天，尽管如此，阿泰还是觉得同学们在跟着他。

不是在跟踪，或者躲在角落里偷窥他之类，不是那样，更像是只要他看过去，他们立刻就会把目光挪开，又或是只要他经过，他们的谈话就会立刻停下，就好像他变成了人肉静音按钮似的。这让他变得十分偏执，偏执到甚至觉得每一面钟都是一只巨大的眼睛，每一次铃声响起都好像是这座大楼在嘲笑他。

他快挺不住了，真希望自己能缩小，越来越小，小到看不见，小到变成一粒微尘，变成运动鞋鞋底蹭过地板留下的黑色条纹，或者变成一枚硬币，被清洁工蒙克先生的大扫帚扫进角落里。然而，这些他都做不到，所以，他只是在心理上退缩了，恨不得整个灵魂都龟缩成一团。

他真希望自己能有这个本事，就像乌龟一样，把脑袋缩进包裹着龟壳的身体里，在黑暗深处环视着龟壳，试着弄清楚他为什么会有这种感觉，为什么会做那样的事。昨天的那件事，说到底算不得什么，却感觉的确算是点儿什么。他很想弄清楚，是不是自己搞错了。不，没有错。不过，也许的确是搞错了。

他真的糊涂了——这才是最痛苦的部分。至少部分算

放学后

是吧。一切都和昨天的事有关。不只是昨天，但的确包括……昨天的事。昨天，本来一切都好好的。昨天，他本来还是原来的……阿泰。

阿泰很酷，对每个人也很酷。大家都觉得他酷，因为大多数人都把他看成是真人版电子游戏，只要他出现，周围仿佛会荧光闪亮，自带绚烂的色彩和音效，就连他的动作似乎也像游戏中的人物那样不太自然，跟他有关的事总是带有戏剧性。

他差不多是活在自己的世界里，只不过他的世界充满了窗口，电子窗口，每个人都能透过这些窗口看到那个世界。那是一个充满了各种噗噗、哔哔、砰砰，偶尔还有轰隆的电子音效的世界。要是看到他假装爬上储物柜，或者在走廊中间做桶滚之类的战术动作，没人会觉得奇怪。像他这样的孩子，总会把书包反背在胸前，有时候假装它是某种铠甲，有时候又假装它是伞包，甚至某一天还会是一把剑或一把枪。

总而言之，最最重要的就是，阿泰是算得上这一带最厉害的游戏玩家，上了全国排名。每个人都知道，他赢下过各种电子游戏锦标赛和竞赛，而且一直试图让沃克利女士说服贾勒特先生在学校里成立一个电子游戏联盟。

"我们要分心的事已经够多的了，卡森先生。"沃克利女士一字一顿地回答道。

"哔哔,噗噗,信号不清……哔哔,哔噗,沃克利女士。"他则这样回答。阿泰摇了摇头,沃克利女士也摇了摇头。差不多就是那样。

由于每个人都知道阿泰打游戏的厉害,所以同学们都想说服他和自己组队打游戏,但阿泰只会和最强的玩家组队。嗯……鉴于他本人就是最强的玩家,更正一下,他只会和第二强的玩家组队。

在他们学校,第二强的游戏玩家是布莱森·威尔斯。那个男生的爸爸允许他的头发自然生长,而不是逼着他把头发编成碎辫子或玉米辫,逼着他相信非洲式发型才是最好的发型[①]。为此,布莱森看上去十分特别,甚至可以说标新立异,他干脆给自己起了个网名叫"非洲玩家"。

阿泰的网名是"泰独",他解释说这个名字是"独步天下、独孤求败"的意思,因为他打败了所有人,实在太孤独。但大多数玩家认为他这个名字的意思其实是"太毒"。这倒也说得通,因为只要他在玩游戏,所有人都会"惨遭毒手"。他一打起游戏来,全凭本能就所向披靡,从不失手。

布莱森和阿泰住得很近,每到周末就会聚在一起打游戏。有时候,布莱森会来阿泰家,那是一所位于克罗斯曼街

[①] 非洲裔孩子自然生长的头发,通常会形成一个巨大的黑色蓬蓬头。

放学后

的小房子。布莱森很喜欢去那里,因为全世界最棒的糖果小姐琪琪女士就住在阿泰家那条街的街角处。

还有的时候,阿泰会来布莱森家,他们家在伯曼街,房子要更大一些。阿泰更喜欢在布莱森家打游戏。他们家的零食更好吃,电视也更大。他们家还养了一条名叫马克斯·佩恩的小狗,非常安静,从来不会乱跑乱抓乱叫。

他们最爱的游戏是《使命召唤:二战》,这让阿泰的父母很烦恼。

"要我说啊……《吃豆人》才叫电子游戏。你只需要不停地吃吃吃,及时躲开鬼面符就行。我喜欢把这称之为生活。"爸爸开玩笑说。

"《超级马里奥兄弟》也不错,"妈妈补充道,"我是说,除了勇斗大反派,基本上就是在努力不被各种环境吞噬,比如蘑菇啊,植物啊……"

"还有乌龟!"爸爸叫道。

"这些和你们玩的游戏可不一样。"

阿泰试图说服爸爸妈妈《使命召唤》这个游戏更有教育意义,就像是带有互动功能的社会研究课。要想了解这场战争,再没有比体验战场更直观的方法了。

"但你不可能真的了解战争,儿子,"阿泰的妈妈责备道,"除非你亲身参加过战斗,但你没有。你总在说纳粹,但真正的纳粹比电子游戏要复杂得多。"

阿泰很清楚，他其实并不知道自己在游戏中模拟的是什么样的战争。他手中握的是游戏手柄而不是步枪，他身上穿的是一件破旧的居家T恤而不是防弹衣，他头上戴的是耳机而不是头盔。而且，他听到的声音，只不过是耳机里的声音。

但阿泰也知道，他的确投身进了某种战争。他参与的是某种他知道却无法理解的战争。在他的大脑中激荡的声音并不仅仅是声音，这些声音会让心脏奇怪地揪起，让胃奇怪地收紧。阿泰知道，这其实是一种战争焦虑症，这和肾上腺素的刺激有关，和意识的混乱有关。

他之所以知道，是因为昨天的事。昨天。昨天！

阿泰被人吻了。吻他的是一个男生，叫塞勒。

那是在第一节课下课后，在饮水机旁。那节课是体育课。

吻在了他的脸颊上。

那个吻离嘴很近，差不多算是吻到了嘴。

他们本来是在抢着喝水。

我们本来是在抢着喝水，对吧？

怪就怪在这里。

他吃了一惊，但没有发飙。

> 放学后

太奇怪了。

但也没那么奇怪。

有点儿怪。但也不是那么怪。

结果,这居然被某人看到了。那个所谓的某人到底看到没有,其实没人知道。

但那个人告诉了所有人。所有人。

更糟的是,塞勒(他其实叫塞勒姆)还歪曲了整个故事,他告诉所有人是阿泰吻了他。结果,到吃午饭的时候,当阿泰走进餐厅时,简直就像迈进了一片雷区。确切地说,是一片战区。所有人都子弹上膛,朝他猛烈开火。

布莱森也听到了这个谣言。它就像一条蛇,从这张嘴里绕进那只耳朵里,吐着信子嘶嘶作响。谣言最终通过雷米·沃恩的嘴传到了布莱森的耳朵里。要是雷米没有使劲装酷的话,说不定他真的就是学校里最酷的学生了。但事实并非如此。

"那又怎样?"布莱森反问道,砰的一声关上了储物柜的门。

"那就是说,他其实是同性恋。"

"他不是。"布莱森恼怒地说,"就算他是的话,那又怎样?"布莱森把背包甩过肩头,盯着雷米的脸,试图弄明白对方为什么这么在乎阿泰和塞勒的事。布莱森问他："你为什么关心这个？"

"我不关心。"

"你就是关心。我是说，我还有个更好的问题。你亲过几个女孩？"

"没数过，一大把呢。"雷米答，眼睛却看向别处。布莱森知道，他在说谎，他谁都没吻过。不过，布莱森并不想为难对方，因为他自己也没吻过任何人。但他也没有撒过谎。没吻过谁没什么大不了的。再说，为什么要对一个知道真相的人撒谎呢？雷米最要好的朋友坎迪斯刚好是布莱森的表妹，她总是不停地说，雷米就爱天天装得像个情场老手，其实没有人爱过他。

"一大把？好吧。我猜，就算是负数，毕竟也是数。"布莱森嘲弄道，"不过要我说啊，你还是先管好自己的事吧。"他拍了拍雷米的肩膀，走开了。

餐厅里围坐着一大群人。他们没有让阿泰一个人待着，也没有挤在一起自顾自地讲那些愚蠢的笑话，而是和阿泰坐在了一起。大伙儿围着他吃午饭，当面嘲笑他，其中也包括塞勒。

布莱森走进餐厅的时候，正看到大家在用各种各样的外号叫阿泰。都是些伤人的外号，是那种甩都甩不掉的、带着标签的外号。这些外号闪动着火焰,在空气中留下烧焦的味道。男生嘲弄着他,漫不经心地做着各种隐晦的动作,没完没了。

"嗨,怎么了?"布莱森走到餐桌边问道。他站在阿泰的身后,爆炸的头发好像发生日食时的太阳。"往旁边挪挪,阿泰,让我坐进去。"阿泰向左边挪了挪,布莱森在他身旁坐下,把盛着马苏里拉奶酪棒的餐盘放在桌子上,"大家都在聊什么呢?"

"哦,没聊什么,"塞勒说,"只不过是,阿泰想亲我,因为他是……同性恋!"他说话的口气就好像他在讲什么抖包袱的大笑话,能一拳把阿泰打倒似的。但阿泰只是摇了摇头,好像无所谓似的。但布莱森知道,并不是那样,当然不是那样。

"真的?这倒有意思,"布莱森低头看着餐盘上的油炸奶酪棒,"因为我听说的版本是,你亲了他。"他抬头看了一眼塞勒。

"是的,他说的没错。"阿泰证实道,大松了一口气。布莱森来了,好搭档就在身边,就像在游戏里一样。*注意我身后,注意掩护!给我掩护!*

"这不是真的!"塞勒咆哮道。他环顾四周,确保每个人都听到了他的声音,"我才不会亲男生!"

"嘿，嘿，嘿，伙计。"布莱森举起双手，做息事宁人状，"亲就亲了呗。没关系啦。我是说，下次你要这么做的时候，最好别偷偷摸摸的，最好先征得对方的同意再亲。这么说还真有点儿古怪，不过呢……无所谓啦。"同桌的其他人都不知道是该大笑，还是该跟着起哄，还是该点头附和。大家完全弄不清布莱森是认真的，还是在开玩笑。

"你说话的口气就好像你也喜欢男生似的。"特雷·拉尔森说。特雷总是装硬汉，其实是个假把式。人人都知道，他被学校里个头最小的孩子暴揍过一顿。布莱森笑了。

"你问我？我认为塞勒喜欢。事实上，我认为你们都喜欢。"布莱森指着所有说笑话的人，"就像我爸爸经常说的，'贼喊捉贼，倒打一耙'。"他看着众人的脸，很显然，他们根本不知道这话是什么意思。他又看了看阿泰，他的表情看上去也没有变化。唉，真是白费功夫，无人识货啊。"关键是，我并不喜欢男生。不是那种喜欢。不过，我喜欢阿泰。"他拍了拍阿泰的后背，"事实上，比起你们这帮人，我更喜欢他。实话实说啊，我真不觉得这有什么大不了的。不就是亲了亲脸颊吗？就因为这点儿事拷问他？亲脸颊？就这？"布莱森先盯着塞勒看了一会儿，又看向其他人，"就这？"

然后，布莱森凑过去，在阿泰的脸颊上轻吻了一下。一个端端正正的吻。然后，他的目光转向塞勒。

> 放学后

"瞧啊。我还不是……活得好好的？"他故意轻声轻气地说道，然后耸了耸肩，拿起一根马苏里拉奶酪棒吃了起来。整张餐桌陷入了沉默，至少对布莱森和阿泰来说是这样。他们不会知道其他男孩是不是真的不再交头接耳开玩笑了，因为他们再也没有关心这件事。

但这件事无疑引起了关注。这一次，众人的焦点转向了布莱森。因为那天中午之后，谣言变了。谣言的对象发生了变化。原来是阿泰亲塞勒，现在变成了布莱森亲阿泰。八卦之蛇开始膨胀，从无害的小草蛇变成了有毒的蟒蛇。布莱森尽量不理睬这一切，只把它想象成游戏中的某个关卡，当作是必须熬上一整天才能过去的关卡。

然而，下课铃响，布莱森刚一离开学校，就注意到塞勒和其他几个男生沿着波特尔大道跟着他。布莱森知道他们在跟踪他，因为他以前从来没见过这些人走这条路，他很确定他们并不住在他这片社区。他能听到他们的笑声，听到他们在身后吆喝。虽然听不清他们在吆喝什么，但他仍然能感觉到，这些声音仿佛钉子一样，刺着他的后背。

布莱森刚拐进伯曼街，就听见身后的人加快了步伐，那些人行道上不断加快的脚步声仿佛正从斜风细雨变成倾盆大雨。布莱森没有逃跑，而是转过身来，抬起双手，准备全力应战。

那就是昨天发生的事。今天在学校里,阿泰听到了同学们的窃窃私语。谣言从小蛇变成了巨蟒,扼紧了他,裹住了他的身体,不停地挤压着、挤压着,几乎挤爆了他的肺,挤碎了他的心脏。那些窃窃私语只不过是证实了他已经知道的事情。

前一天晚上,他在网上看到那些视频。听说是塞勒、安德鲁还有其他几个人袭击了布莱森。布莱森使出浑身解数应战,但他们有四个人。他们用各种难听的外号称呼他,只是不叫他的名字。今天最后一堂课是达文佐先生的课。下课铃一响,阿泰就冲了出去。

他跑出教室,跑过走廊,跑出教学楼的对开门。他从波斯特女士身边跑过,以最快的速度,沿着波特尔大道拔足狂奔,一直跑到上气不接下气。

然后他改为走路,走得很快,走到离伯曼街几个街区远的一所房子时前,终于停了下来。那是一栋米黄色的大房子,巨大的窗户、美丽的绿草坪、勾勒出院子轮廓的灌木丛,还有两丛花,更突显院子的美丽。他环顾四周。向左看、向右看,又向后看。最后看向前面。他把手伸进灌木丛,拽出了一大把花。花茎的利刺扎进了他的手指和手掌。

很疼。

但他又开始拔足狂奔。他跑啊跑,跑啊跑,向左拐跑进

> 放学后

了伯曼街,又沿着伯曼街继续跑,然后左拐来到布莱森家。布莱森家的房子和波特尔大道上的房子看上去完全不同,没有巨大的窗户,没有灌木丛或树篱,没有私家车道,只有铁栅栏,栅栏门敞开着,一条步道通向前门。

要不是布莱森暂停了手中的游戏,起身去给自己凑合做个三明治,他压根不会听到门铃声。他一整天都在玩《使命召唤》,与电脑里的纳粹分子殊死战斗,竭尽所能去完成一个又一个任务,不让自己被敌人杀害。虽然妈妈警告过他,说安安静静读一本书也许效果更好,但自从早上吃完燕麦粥后,他的耳机就一直戴着。耳朵里回响的炮火声、炸弹声取代了学校里的谣言。他的手从昨天开始就酸疼得很,但他仍然一整天都攥紧游戏手柄,手指上下翻飞。

"儿子,掌控一个故事也许比掌控游戏手柄要容易得多。"尽管知道布莱森听不进去,妈妈还是这样劝道,"不过,至少别饿着,要吃东西。"她说完这一句,放弃了劝说,为他关上卧室的门,离家去上班了。

最后这句话布莱森听进去了,他没让自己饿着,这已经是他今天第二次吃东西了。正在这时,门铃响了。

布莱森慢吞吞地走到门口,他的身体仍然感觉像一团扭曲的像素。他按照爸爸教他的方法,探头从门上的猫眼往外看了看,然后打开插销,转动旋钮,慢慢地拉开了门。

"阿泰?"

阿泰站在门口喘着粗气,手里拿着三四枝花。很难说确切是多少枝,因为这些花都扭曲得变了模样。那个现实版的电子游戏似乎也出现了某种小故障,出现了几道不和谐的红色条纹,和那些花瓣一样鲜红,顺着他颤抖的手掌缓缓滴落。

"你……还好吗,哥们儿?"

"挺好。"阿泰上气不接下气地说。他的后背酸疼,仿佛一辆校车从天而降,刚好砸在了他的身上。"是的……我挺……挺好。你没事吧?"

"没事,哥们儿。我很好。会……没事的。"

阿泰点点头。"玩游戏呢?"他问道,试图化解空气中的那一丝尴尬。

"我打了一整天呢,哥们儿。"布莱森得意地笑着,晃了晃他的拇指。他的目光从阿泰的脸上转到他那只满是伤口的手上。

阿泰又点了点头。"嗯……嗯……我给你带了这些。"他说着把花递了出去。

"你不必这样做。"布莱森说。

阿泰第三次点了点头。他感到眼睛开始肿胀,眼眶里有

> 放学后

什么东西，滑溜溜的，不听使唤，喉咙里好像有石头在滚动。他们需要谈谈，又不需要谈。他们有很多话想说，却又觉得什么都不用说。

布莱森小心翼翼地接过花。学着妈妈的样子深深地闻了闻。

花香味让他的鼻子一阵发痒。

"嘿，哥们儿。最好先把你手上的血洗掉。"布莱森说着，用力拉开了门。

阿泰又点了点头。

栗树街

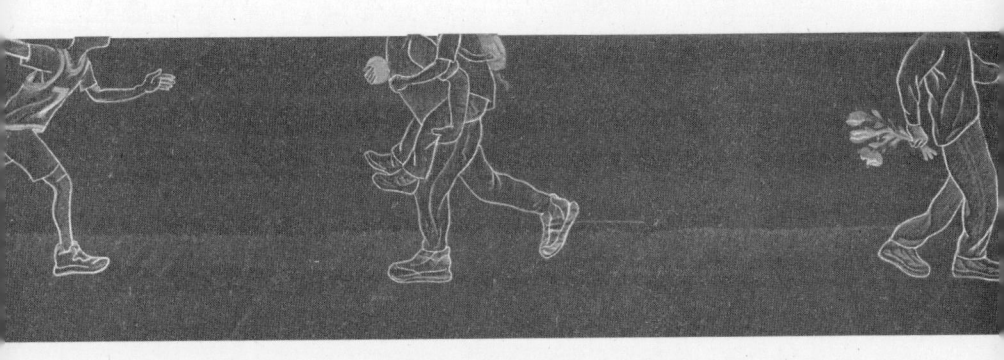

五件比握手仪式更简单的事

第一件：放学铃响后穿过拥挤的走廊。

在同龄人中，西米恩·克洛斯算是大块头。说他是大块头，因为他的身高有两个同龄小孩那么高，身形有两个同龄小孩那么宽，简直像一块行走的铁砧。不过，虽然他走到哪儿都会挡住一大片光线，但他那快乐的、灿烂的微笑总能照亮他挡住的每一扇门。只要有他在，你不可能不注意到他；如果他不在，你也不可能不留意到他的缺席。

这不，在达文佐老师的课上，当下课铃响起后，西米恩从课桌后站起身，又从地板上抓起书包，站在了教室门边；同学们鱼贯而出，每个人走到门口都会跳起来和他击掌。不过,只有阿泰·卡森除外,他竟然头也不回地逃出了教室,也许是因为达文佐先生不许学生在上课时去洗手间的缘故。"当你忙着了解周围的世界时,可没时间中途开小差。"达文佐先生会这么说。

等其他同学走出教室后,西米恩又走到达文佐先生面前,二人先伸出手背对击,再握拳相击,指关节发出台球撞击般的闷响。这是西米恩和达文佐先生的秘密握手仪式。不过,相比于他和肯齐握手的那套复杂系统,这种握手仪式简直不值一提。

在同龄人中,肯齐·汤普森算是个小不点儿。他的个头和班上另一个男生并列垫底,大家管那个男生叫"比特"。肯齐并没有这类绰号,真要有人给他起什么绰号的话,他会……什么也不做。嗯,这么说也不完全对。他还是会做点儿什么,他会把这件事告诉西米恩。然后西米恩会……什么也不做。因为凭西米恩这样的块头,只要往那儿一站,问题就解决了。

肯齐的名字虽然只有两个字,却显得比他的个头还要气派些。不过,除了个子矮,他身上没有任何出众的特点。他无论走到哪儿,都会带着一个蓝色的弹力球。他不怎么强硬,也不吵闹,不搞笑、不伤感、不古怪,就连体味都没有。肯齐,平平无奇。

> 放学后

　　他也许会在课堂上发言,也许不会。他用功的时候成绩就好些,不用功的时候成绩就差些。他身上的衣服从来都不是名牌,但总是干干净净的。他跟所有人都是朋友,但真正的朋友只有西米恩一人。西米恩也跟所有人都是朋友,因为和西米恩为敌很不明智。不管做什么,肯齐都是不好不坏、不上不下。直到……下课铃响起,开启放学模式。

　　他的最后一节课是范塔纳先生的课。肯齐从来都不会像其他同学那样,一下课就冲出教室。这倒不是因为他对生命科学有某种特殊的热爱(当然他也挺喜欢这门课),而是因为他心知肚明,在面对几百个堵成一团、撞来撞去的孩子时,他根本不可能无视那些在他面前晃动的胳臂肘,平平安安地走到自己的储物柜前。

　　他之前被这些胳膊肘撞过,好几次。他的眼睛曾经被几个女生不小心打肿过,因为那些女生正挥舞着胳膊试图让同伴明白自己说话的重要性。他的嘴唇被某个男生打裂过,因为那几个男生正在假装篮球比赛进行到第四节,距离全场结束还剩5秒钟——库里拿到了球,投篮,进了!然后……那个男生又模仿交叉运球的动作,结果打中了一个孩子的脸。那个孩子就是……肯齐。对他来说,走廊就是一个雷区,遍布着数百个穿着T恤和牛仔裤的活动"地雷"。

　　于是,他总是等着范塔纳先生整理好教案,盖好白板笔的笔帽。他会一等再等,直到……

"哟嗬——!"西米恩冲进了范塔纳先生的教室,口中说唱道,"范塔纳巴纳纳,什么是好的?什么是坏的?什么是新的?什么是真的?"接着,西米恩跑上来和范塔纳先生开始了握手仪式,范塔纳先生的手势十分古怪别扭,似乎在试图弄明白两只手到底该怎么握才对。

"怎么让我等了这么久啊,伙计。"肯齐说着,从课桌边站了起来。

"怨我,都怨我,哥们儿。"西米恩说着,朝肯齐伸出手。

"别!"范塔纳先生大叫道,"别……可别在这儿握手。倒不是说我觉得这有什么不对。问题是……伙计们,我实在是想走了,你们俩那一套握手仪式实在太长了。我知道你们也许不相信,但老师也有自己的生活啊。"范塔纳先生嘿嘿笑了两声,忙着把作业、教案塞进皮包里。

"哇哦……范塔纳先生,我还以为您只关心生命科学呢。而我们刚好要向您展示生命科学充分发挥效力的样子呢。"西米恩解释说。

"我当然关心生命科学。我也爱你们,不过……今天不行。"他说着指了指门口,"拜托,快走吧。"

西米恩没有争论,而是看向肯齐。

放学后

"来吧,肯齐。都不欢迎我们啦。我可不想在这儿死赖着啦。"

"西米恩,得了吧……"范塔纳先生刚想解释,西米恩就打断了他的话。

"不,不。不用解释,话已说出口,伤害已造成,没法挽回啦。"西米恩弓着身子半蹲下来,肯齐助跑了两步,然后……稳稳地跳上了他的后背。

他们就这样走出了教室,来到了繁忙的走廊里。到处都是跌跌撞撞的、笨拙的身体,摇摇晃晃,推推搡搡,不是撞到彼此,就是撞到柜子。西米恩的块头比其他人都大,没人推搡得了他,没人摇晃得了他,没人撞得倒他。

"准备好了吗?"西米恩回头问肯齐。肯齐伸出胳膊,紧紧地搂住了西米恩的脖子,搂得足够牢固,又不至于让他窒息。

"冲啊!"肯齐高声应道。他们就这样出发了。

第二件:能在走廊里假装赛马,还能避免被沃克利女士找麻烦。

"可是,沃克利女士,我们并没有假装在赛马呀。"西米恩恳求道。沃克利女士站在学校门口,那张脸涨得像一粒紫红色的葡萄干——只要她开启纪律整顿模式,那张脸就会像葡萄干。她的工作就是告诉每个人，在学校里不许这样，不许那样。

不许发出放屁的声音。

不许跳舞。

不许……像那样跳舞。

不许说唱。

不许唱歌。

不许笑。

孩子们，言行举止不要像个孩子似的。

"克洛斯先生，汤普森先生刚才就骑你背上，一边嘴里高喊'咦——嗬——'，一边在空中转圈抡着胳膊，好像在悠一根套索。"沃克利女士一边说一边演示，两个男孩费了老大的劲儿才忍住没笑出来。

"他那只是吆喝吆喝嘛。"西米恩说。

"我已经说过一千遍了。我再说一遍，"沃克利女士生气地说，"在走廊里，所有的脚都应该——牢牢地踩在地上。"

"那皮娅·福斯特呢？她的脚可总是踩在滑板上。"这一次开口的是肯齐。他并不是在告密，因为所有人都知道皮娅在学校里溜滑板。大家唯一一次看到西米恩受伤，就是因为皮娅的滑板刚好轧过了西米恩的脚。

"我告诉过她以后不许那样。不过，我们今天要说的不

099

是福斯特女士,对不对?当然不是。我们今天要说的是你们俩。"沃克利女士交叉起双臂,"我警告过你们很多次了,但你们似乎都不把我的话当回事,所以——"

"等等,等等,等等。在您给我们记过之前,我认为您至少应该听听我们解释这么做的原因吧?这很重要。"

沃克利女士叹了一口气。她当然听过他们的理由,很多理由,而且每次的版本都不一样,但每次摆出来的理由都很有意思。她倒是挺乐意再听一次。

"您瞧,事情是这样的,沃克利卜丽丽,我可以这么称呼您吗?"西米恩问。

"不可以。"

"遵命。事情是这样的。肯齐的心脏很大。但那颗大心脏好巧不巧长在一具小身体里。我不知道您是怎么想的,但我真的不希望那颗心脏因为那具小身体遭到撞击而破碎呀。那无疑是一场'赔剧'呀。"

"是悲剧。"肯齐在一旁纠正道。

"哦——悲剧呀。"西米恩重复道,"因为我很爱肯齐,所以必须保护他。我要确保他能在这条繁忙的走廊上行动自如,无须担心任何意外。总而言之,我就是他的保镖。"

"那你说说看,克洛斯先生。当汤普森先生没有和你在一起的时候,他白天是怎么从一间教室走到另一间教室的呢？"西米恩知道，这个问题显然是个圈套。

"我知道您想说什么，不过，我也不知道，因为他那时并没有和我在一起，沃克利女士。但我可以想象，那情景该有多——么可怕。"西米恩伸手搂着肯齐。肯齐的表情就像一只委屈的小狗。

"汤普森先生，这么说，走廊对你来说很可怕，是真的吗？"

"哦，沃克利女士，您可不知道，就在前几天，乔伊·桑迪亚哥没看见我就站在他身后，结果直接把我挤进了我的储物柜里。"

"就是说……他身子往后退，压根没看到身后有人。然后把他的整个身子都……"

"我明白他的意思，克洛斯先生。他有嘴巴，自己会说。"

"您说得太对啦，他的确有嘴巴。"西米恩等的就是这句话，"他也有胳膊有腿儿，有脚有手。您不会希望他再也说不了话吧？您不想让他就当个隐形人吧，对吗？"

"是啊，您不想让我当个隐形人，对吧，沃克利女士？"

沃克利女士的脸仍然紧绷着，不过，那张脸比她起初拦住肯齐和西米恩，把他们俩拽到一旁训话时要缓和了一些。

"如果让我再解释得更明白些，沃克利女士……"

放学后

她打断了西米恩。"不用。好了,你们俩回家吧。明天在学校里要认真遵守校内规则。"说完,沃克利女士迈着大步走开了,粗跟鞋在走廊里发出响亮的咔嗒声。她走了几步,转过身来又说:"等你们两个长大后,我由衷希望你们做些比赛马和骑师更好的工作,因为人们赌赛马时,总会输掉很多很多钱。"

"如果他们肯把赌注押在我们俩身上,就不会啦。"西米恩立刻答道。

"还有,我想成为一名律师。"肯齐的喉咙里传来一阵刺痛,他努力控制着声音,"因为律师很聪明,会很多东西……赛马骑师们也很聪明,从来不喊什么咦——嗬——,牛仔才那么吆喝。"

第三件:走路回家。

放学和放羊一样。教学楼的走廊就像一条河,奔涌着,冲刷着,发出如发动机轰鸣般的巨大喧嚣,将无数的书包、棒球帽和辫子送入外面那片由书包、棒球帽和辫子组成的海洋。终于放学了。

"哎呀,你那声牛仔的吆喝,真把我们那位老沃卡沃卡惹毛啦。不过,我可不是马。我是人,是你的朋友,是你的兄弟。"西米恩对肯齐说。他们俩走到了学校外的街角,交通协管员波斯特女士站在那里，张着双臂。

"嘿，孩子们。"波斯特女士问候道。肯齐上前一步拥抱了她一下。

"嘿，波斯特女士。"肯齐和这位交通协管员每天都会这样拥抱。这成了他上下学路上的一项仪式。

"今天没惹麻烦？"交通协管员问道。

"当然没有。"西米恩答，"事实上，今天我要回家做作业。我们有家庭作业。不知道坎顿有没有告诉您，不过今天的确有作业要做。"

坎顿是波斯特女士的儿子。像往常一样，他正坐在街角的停车标志旁等着妈妈。听到西米恩的话，坎顿只是摇了摇头，没有理睬，因为大家早都习惯了这个大块头的喋喋不休。

"那你呢，小家伙？"波斯特女士又问肯齐，"你不会在街上瞎闹吧？"

"我尽量。"肯齐说着，朝她举起了那个蓝色弹力球，就好像协管员可以透过弹力球看到他这一天的行为表现似的。

"您今天怎么样？"西米恩问波斯特女士，她正举起一只手，示意街角的行人注意信号灯变化，等着她的哨声。

"尽我所能吧。"她说着，把银色的警哨塞进嘴里，走下了路肩。

放学后

"明天见,波斯特女士。"肯齐挥手告别,然后和西米恩向右转去。

大多数人出校门都会左转,沿着波特尔大道往下走,回到他们的社区。而右转,沿着波特尔大道向上走,会走到栗树之家公寓,西米恩和肯齐就住在那儿。右拐的这条路用不了多长时间,因为学校里很少有同学会走这条路。而且行人通常也不会在栗树之家那一带溜达[①]。所以,这条康庄大道畅通无阻,在两个孩子面前铺开,就好像是为国王铺设的跑道,迎接"西米恩大帝"和"肯齐大王"回到他们的王国。

那个王国绝对允许一个人背着另一个人,甚至会鼓励这么做。那个王国,每天都有新王登基、旧王下台。那个王国,王冠上的珠宝会被丢进马桶,冲进下水道。那个王国,住满了像肯齐和西米恩这样的王子,没人肯承认、肯好好培养的王子。

"不管怎么说,就像我刚才说的,我们可是一家人。"回想起在街角和波斯特女士交谈之前的话,仿佛要确认一般,西米恩再次重复了一遍。

"完全正确。你是我的兄弟。"肯齐确认道,一边拍着蓝色弹力球,一边朝栗树街走去。

[①] 栗树街是穷人街区,那里的犯罪率很高。

栗树街在肯齐和西米恩心里就是一座天堂。那些电线杆就像棕榈树，公交车站的长椅就像吊床，街角的商店就像天堂岛上的小平房。

空气中飘浮着一种味道。那是汽车尾气和精疲力竭的味道，是烹煮的食物和炊烟熏过的头发的味道。

空气中悬浮着一种感觉，十分黏稠，仿佛在一团看不见的糖浆中前行。那是生活，厚重的生活。

空气中回荡着一种声音，尖锐的、激醒的声音。来自这个世界的尖叫和低语，汇聚成一支和谐的交响乐，如此美妙，如此不羁。还有肯齐和西米恩的声音，那么年轻，那么甜美，好像交响乐中的长笛，卓尔不群。

大多数人走进栗树街时，都会浑身紧绷，捏紧荷包。但对肯齐和西米恩而言，这里是他们可以彻底放松的地方。

一拐进这条街，他们就可以奔跑着跳起来拍打路标，假装在灌篮。他们可以像蹬踏板一样踩过一个个蓝色邮箱，或者立在消防栓顶部，看谁保持平衡的时间最长。他们可以任意推开某家商店的门，和店主随意交谈，比如威尔逊太太的美发用品店（去告诉你妈妈，我们这儿进了新的假发！）、蔡斯先生的五金店（你爸爸那个水槽漏水的事儿搞定了吗？），或者苏先生的中餐馆，这位老板总是太忙，没时间和他们聊天。不过，哪儿都没有弗雷多的街角商店更棒。

第四件：在弗雷多的街角商店挑选最棒的零食。

不管是什么季节、什么钟点，走进弗雷多的街角商店都像是走进一间地牢。

这里的灯光永远昏暗，货架永远堆得太高，根本看不到上面的东西。墙上永远挂满了叫不上名字的东西。这里连一扇窗子都没有，但大到足以装下全世界的零食，又小到再也放不下任何其他东西。小小的商店里总是充斥着熏香的味道，试图掩盖肮脏的拖把水的气味。

肯齐和西米恩无比自信地走进店里，就好像他们是这家店的老板一样。

"弗雷多！"西米恩叫道，抬手随意一挥，朝蛋糕和迷你甜甜圈的方向走去。

"哎呀，这不是'无敌破坏王'和'小叮当'吗？"弗雷多吱喝了一声，低头继续翻着报纸，每隔几秒钟就舔舔手指翻动书页，好像真有人能读得那么快似的，"知道吗？我之所以天天翻这些报纸，就是希望不要在这报纸上面看到你们这俩小子的脸。"

"你永远不会看到，"肯齐说，"除非是什么好事。"

"还能有什么好事？"弗雷多把报纸放在柜台上问道。

"比如，某一天我会成为一名超一流的大律师。"肯齐回答。

"对呀，或者像我一样，成为一个著名演员，"西米恩说，"这样我就能扮成一名超一流的大律师。"他拿起一块点心蛋糕，翻过来查看包装上的保质期。天晓得弗雷多能把东西放多久，他们以前甚至买到过吃起来像砖头的蛋糕。

"天哪，听起来简直像是一辆校车从天而降呢。"

"啊——"西米恩戏剧性地攥紧胸膛，假装深受打击。

"别误会我的意思。我倒真希望这一切都能发生，这样你们就能买下这家店，我就能退休，彻底放松，天天看《法律与秩序》那种超长的马拉松连续剧啦。"

"哎呀，那我们得给这地方换个新名字，"西米恩说，他一不小心撞到身后的货架，掉下了几袋薯片，"比如叫……肯西美食店。"

"或者叫西肯美食店。"肯齐提议道。

弗雷多手指并拢，按在柜台上，好像一位法官。"好吧好吧，先生们。随你们怎么叫。"

过了一会儿，肯齐和西米恩来到柜台前。肯齐拿了一包薯片，西米恩拿了一袋点心蛋糕，还有一块月亮夹心饼。

"每人50美分，孩子们。"弗雷多说。

"都算我的。"西米恩对肯齐说着，把肯齐的薯片和他的

> 放学后

蛋糕归拢在一起。

"好吧,那就是1美元,大个子。"

接下来就是数零钱时间了。西米恩把手伸进口袋,掏出一把10美分、5美分和1美分的硬币,哗啦一声放在柜台上,又把硬币一枚一枚分开,排成队列开始数数。硬币排得整整齐齐,就好像在摆棋盘似的。

肯齐忍不住咯咯地笑了。不过,他早就习惯了西米恩这么做。看着柜台上的零钱,肯齐不禁想到比特·伯恩斯——学校里另外一个和自己块头不相上下的男生,那家伙特别擅长掏别人口袋、顺零钱,十分有名。不过,比特可不敢打西米恩的主意。

"等等,让我好好数数。"西米恩说,"5、10、15、16、17、27、28……"

"你哥哥怎么样?"弗雷多问西米恩。

"还行。这会儿估计正在街上某个地方,开着他那辆旧冰激凌车到处转悠,假装是合法商贩呢。"

弗雷多点了点头,又朝肯齐点了点头。"那你哥哥呢?我看你去哪儿都带着他那只旧手球。你知道他其实对那种运动并不怎么擅长,对吧?"肯齐正要回答,西米恩却沮丧地拍了一下柜台。

"哎呀!你都让我数乱了,伙计!"西米恩瓮声瓮气地抱怨道，"瞧！我还得从头数！5、10、15……"

"好吧好吧。"弗雷多说着，从柜台上直接把所需的硬币拨到手掌里，"再数下去，我们得在这儿耗上一整天啦。"

"耗一整天又怎么样，你还能去哪儿呢，弗雷多？"西米恩奚落道。

"去你妈妈家。去问问她，你是婴儿的时候，她把你扔掉过多少次。"

"哎呀，这事儿不用问她，我就能告诉你。她只把我扔掉过一次，扔进了一大桶'金子'里。"

"是扔进一大桶'肉汤'里吧。"弗雷多嘎嘎笑起来，但西米恩没有笑。见西米恩没有笑，肯齐走上前去。

"少说两句吧，弗雷多。"肯齐警告说，"事实上，就为了你刚才说的话……"他说着踮起脚尖，伸手从柜台上抓起弗雷多的报纸，不等弗雷多反应又抢走了他的打火机，这一次弗雷多倒是看了他一眼，"你就别抽烟了，抽烟有害。"

"也别再点那个恶心的熏香了。"西米恩说着打开了门，朗声大笑，和肯齐走了出去，笑声在商店里久久不散。

他们顺走的东西太无聊了，一份八卦报纸和一个打火机，就好像弗雷多开的不是那种卖报纸、卖火柴、卖打火机的商店似的。不过呢，他们这么做可是原则问题，是彼此忠诚的问题，是兄弟情义的问题。

第五件：许下心愿。

肯齐和西米恩终于来到了他们从出生一直住到现在的那栋大楼前，一起坐在入口的台阶上。回家的路上，他们一直在嘲笑弗雷多，编了一大堆关于弗雷多的无聊笑话。

"弗雷多看起来就像只布袋木偶，好像有人从他屁股里伸进去，操纵他的手似的。"肯齐奚落道。

"他看起来就像是个普通的小店主，只会卖……零食之类的东西似的。喊，你倒说说，只卖零食的店主会是什么人？只卖零食？！"西米恩说道。他把手里的报纸卷成一个纸管，四处挥舞，好像在挥舞着一把短剑。

"叫弗雷多到底是什么意思？我是说，如果他其实叫阿尔弗雷多，这倒是好解释，阿尔弗雷多牌奶酪嘛，便宜又俗气。①"肯齐一边在口头上继续加码，一边在腿下来回拍着那个球。

一阵微风吹来，撩起了地上的垃圾，一只只塑料袋仿佛水母一样飘浮起来，还有一只瘪了的生日气球。那是一只闪闪发光、带有金属镀膜的气球，在空中翻飞着、摇曳着，好像幸福的碎片。

"没错。便宜又俗气。但实话实说，刚才那个笑话让我

---

① 奶酪的英文 cheese 与便宜（cheep）、俗气（cheesy）的英文读音相近。

有点儿难受。"西米恩盯着越飘越远的气球,仿佛那是一记长传出去的橄榄球,仿佛是带着字条飞向远方的信鸽。他的脸上露出了一丝苦笑。

"是啊,这下他得逛了。"肯齐点了点头,两人突然迸发出一阵大笑。肯齐放下了球,打开他的薯片袋,要分给西米恩一些。

"不,我不要啦。"看着气球飘出了视野,西米恩说,"不过……把打火机给我。"肯齐把弗雷多的打火机递给了西米恩,却不知道他要拿它干什么。如果西米恩打算放把火的话,他恐怕来不及长大做律师了。开玩笑是一回事,烧毁东西可就是另一回事了。

西米恩打开报纸,瞥了一眼头版故事,那上面写的正是一辆校车从天而降的事。他拿起一页报纸撕下一半,又把那半页报纸再撕下一半,把这一条报纸拧成了一根纸虫子,至少看上去像是一条虫子。然后,他打开塑料盒,试图把月亮夹心饼完美地滑出来,结果粗大的手指却压碎了大部分。

"祝你生日快乐,"西米恩用一种歌剧式假嗓唱道,"祝你生日快乐。"

"什么?"

"祝你生日快乐,亲爱的肯齐——,祝你生日快——乐——"西米恩把那根纸虫子塞进了月亮夹心饼里,把它当

放学后

成了烛芯，拨动打火机点燃了末端。

"生日快乐，兄弟。我本想给你唱黑人版的生日歌来着，但我不想把这个特殊的时刻变成一场音乐会。"西米恩说着，把月亮夹心饼递给肯齐。火焰越来越大，火舌舔舐着空气。

"可是……今天不是我的生日，哥们儿。"

"快，快，快吹呀，不然就烧到夹心饼啦。"

肯齐认命地俯下身来。

"别忘了许愿！"

肯齐想了想，吹灭了火，烧焦的纸片像黑色的雪花一样飞了出去，袅袅升起一缕烟雾。

"你许的是什么愿？"西米恩问。

"不能告诉你，不然愿望就没法成真了。"

"那倒是。"西米恩说着站了起来，"好吧，既然没法知道你许了什么愿，那我还是去做作业吧。达文佐先生想让我们写点儿与环境有关的东西。我也不知道该写什么，但我知道，从我的公寓窗户往外看，视野会更好。你住得更高，看到的就更多啦。"西米恩说着把剩下的一点儿报纸芯抽出来，把夹心饼分成两半，一半塞进嘴里，另一半递给肯齐。

"是啊，说得对。"肯齐说着也站了起来。他把自己的那一半夹心饼塞进嘴里，再把弹力球塞进书包里。他得为接下来要做的事腾出双手。

接下来要做的事就是：握手。

他们彼此握住手，摇晃一下、两下、三下，接着手指交握，再摇晃一下、两下、三下。

然后，他们收回双手，握紧成拳对击，接着竖起右手食指、中指分开形成"V"字，轻轻削过右耳，再指向对方，指尖彼此相触。接下来，他们又张开双手，捧在胸前，仿佛握着一个看不见的球，一个比肯齐书包里那个弹力球更大的球。然后，他们又一起抬起下巴，晃动脑袋，最后彼此紧紧地拥抱在一起。仪式结束。

"我们是兄弟。"西米恩说。

"我们是兄弟。"肯齐重复道，他的嘴里还塞着月亮夹心饼，有些口齿不清。

他们之所以这样做，是因为他们看到两人的哥哥也这样做过。一样的握手仪式，一样的秘密。一样的羁绊。他们的哥哥也站在同样的台阶上重复过这个仪式。

仪式过后，他们乘电梯去各自家的楼层，西米恩住在7楼，肯齐住在9楼。西米恩看着肯齐，知道他许了什么愿。肯齐也看着西米恩，他知道西米恩知道他许了什么愿，他希望那卷纸做的蜡烛燃起的青烟能袅袅升起，带着一条口信，直上云霄，穿过城市和州界，穿过他从未去过的土地和公路，穿过铁丝网、砖石和镣铐，穿过铁窗，飘进他哥哥的

放学后

耳中。

告诉他,他多希望,不用从学校走路回家。

告诉他,他多希望,哥哥能开车来接他,正正当当。

他会开车带着肯齐去兜风。

甚至还会教他怎么打手球。

雀巣街

萨奇莫的大计划

今天放学后,萨奇莫·詹金斯为自己制订了一套逃生大计划。

一套他希望自己很早以前就能想出来的计划。

一切都要从萨奇莫被狗咬的那一年说起。那一年他7岁,而那条罗威纳犬已经年龄很大了。萨奇莫以为,狗上了年纪已经懂事了。但那条狗把萨奇莫的大腿后侧咬下了一大块肉,留下了一圈齿痕,看上去就像一张悲伤的脸。那实在是个匪夷所思的意外,没人想到会发生那种事,因为萨奇莫·詹金斯从来没有失过手。

只要有球朝他扔过来,他一定会跃到空中稳稳地接住。人人都知道他的本事。但那一次,克兰西叫他站远一点儿,然后把橄榄球抛向空中。萨奇莫竭尽全力伸出胳膊跃起接球，结果球还是落在了他的身后。

球抛飞了，落地的角度更糟，直接弹到了亚当斯女士的院子里，那条叫布鲁图斯的罗威纳犬恰好待在那里，就拴在树下。

看到球滚了过来，它一跃而起，尾巴像根粗短的食指一样兴奋地摆动，差点儿失去平衡。它拼命用鼻子顶着球，试图用嘴把它包住，用牙齿狠狠地啃住橄榄球的猪皮表面。然而，布鲁图斯兴奋得过了头，反而把球拱远了，拴它的链子限制了它的活动距离，这对萨奇莫而言是个完美的机会。

"哎呀，萨奇，"克兰西喊道，"趁亚当斯女士还没发现，快把球拿回来。"

亚当斯女士是布鲁图斯的主人。这位老太太总是坐在窗边，注视着附近的邻居，确保没有人踏足她的院子，就好像她家的草坪和别人家的不同，是她从某个吝啬鬼那儿千辛万苦空运来的品种似的。有时哪怕外面冷得要死，她也要大开着窗户，坐在窗边，看着四周。

由于常年咀嚼烟草，她的下颌总是耷拉着。有时候，她会把一坨嚼成黑醋栗似的烟草渣吐到院子另一边，好像从嘴里射出一粒子弹，干净利索。还有的时候，她会直接把烟草渣吐在罐子里。有传言说，她会把这些掺着口水的烟草渣拌

> 放学后

在布鲁图斯的狗粮里，让这条老狗变得格外刻薄，让走进她院子的人知道，他们面对的是一头要靠绕在粗树干上的粗铁链才能勉强拴住的猛兽。

每次看到萨奇莫的时候，亚当斯女士也不会像社区里的其他老人那样挥手问候，寒暄"嗨，你妈妈怎么样"之类的话，而只是轻轻点一点头。

萨奇莫总是把她这所房子想象成一间旧拳击馆。里面空荡荡、冷冰冰的，烟雾缭绕，从天花板上垂下沉重的沙袋。他想象亚当斯女士不戴手套对着沙袋挥出右手勾拳猛击，也许还会用脚踢沙袋，用膝盖顶沙袋，用肘部重击沙袋。有时萨奇莫甚至觉得自己完全搞错了，说不定布鲁图斯并不是亚当斯女士的看门狗，正相反，这位老太太才是看门的，她在保护着那条狗。任何人胆敢接近那条狗，她都会龇着被烟草染黑的牙齿咬上去。

萨奇莫先看了看亚当斯女士是不是坐在窗边，又瞥了一眼克兰西。克兰西摇了摇头示意"不，她不在"，接着又抬了抬下巴示意"去吧，把球拿回来"，最后又用眼神示意他"快点儿"。于是，萨奇莫小心翼翼地从街道走到人行道上，又从人行道蹑手蹑脚地挪进布鲁图斯·亚当斯的院子里。这条罗纳威犬的脑袋足有一个篮球那么大，浑身乌黑，只有嘴巴四周是棕色，刚好环成一个心形。

"嗨，布鲁图斯。"萨奇莫低声招呼道，悄悄走向那个橄榄球。没什么好害怕的，球离得很远，布鲁图斯根本够不着它。然而，他每往前走一步，布鲁图斯的尾巴就会摇得更厉害一些。狗疯狂地摇着尾巴，像在说："对！对！对！"又像在说："不！不！不！"当然也许是在说："见到你很高兴，我也想玩。不过我们玩的游戏不一样。你不会失手，我也不会失手。"或者可能是想说……

萨奇莫终于捡起了球，在牛仔裤上蹭了蹭，蹭掉了上面的口水。

谁捡到就归谁……

他把球举了起来，向克兰西示意任务完成。克兰西举起双手，好像萨奇莫刚刚挽回了一次失球。胜利了！

狗拼命地摇着尾巴，摇啊，摇啊，摇啊，不停地喘息着，跳跃着，疯狂地吠叫着。

丢球了！快带球跑啊！

萨奇莫扭头看了一眼，布鲁图斯兴奋得无以复加，朝他冲了过来，铁链把它拽了回去。萨奇莫向街上跑去。然而下一秒，那条狗竟然再次尝试抬起后腿，朝萨奇莫头顶扑去。

太迟了。比赛已经开始了。只几秒钟工夫，铁链断裂，布鲁图斯朝萨奇莫猛冲过来。

萨奇莫的名字来自路易斯·阿姆斯特朗——他祖母十分

> 放学后

钟爱的一位著名爵士乐手，吹小号很有名。据说，路易斯的绰号就叫萨奇莫，因为他长了一张大嘴，人称"萨奇书包嘴"，后来人们干脆就叫他萨奇莫。

然而，萨奇莫·詹金斯的嘴一点儿也不大。不过那一天他明白了，必要时，他的嘴可以变成一把小号。只要有狗追着他在街上奔跑，那张嘴就会发出高亢的、抑扬顿挫的号叫和呼啸。

四年后，萨奇莫的妈妈在一家兽医诊所找到了份办公室助理的工作，带着萨奇莫从原来的社区搬到了马洛山社区。因为萨奇莫和布鲁图斯的那次冲突，激发了她成为一名兽医的新梦想。尽管必须读上好几年书、参加多种培训才能实现这一梦想，但她认为这份工作、这次搬家，代表她朝这一目标迈出了一步。

既然要与各种动物近距离接触，她自然要确保萨奇莫知道如何与狗打交道。然而，不管妈妈怎么说、怎么教导，他就是听不进去。恐惧彻底占据了他的大脑，大腿后侧的那些点状和长条状的增生疤痕，好像是刻在皮肤上的莫尔斯电码，无时无刻不在提醒着他，狗是危险的动物。

他听人们说"狗改不了吃屎，也改不了咬人"，也看到妈妈批驳并反对这种说法。另一方面，他看到过各种广告：悲伤的小狗被关在笼子里，奄奄一息，瑟瑟发抖，还听到过某些名人试图说服人们收养小狗的言论。有时候，他忍不住会大声说："狗就活该被关进笼子里。"同样，妈妈也不喜欢他这么说。

"那条狗咬你，是因为误会，萨奇。"妈妈说，"它只是想玩球。但你太紧张，所以它也跟着紧张了。你的紧张让它很清楚，你不打算让它玩球。"

"那条狗又吼又叫，我怎么敢和它玩球呢？你说它的'汪汪汪'是'玩玩玩'的意思，要我说，那是'咬咬咬'的意思。"

不过，他看到小狗时倒不害怕。只要它们的个头比橄榄球小，他就能应付。只要看到体形大一点儿的狗，他都会感到后背发紧，心跳加剧。幸运的是，自从搬到马洛山后，放学回家的那条路上一直没有狗。

直到昨天。

昨天，他沿着雀巢街往家走，路过杰瑞先生的房子时，眼角忽然瞥到什么东西，很大，毛茸茸的，飞快地穿过杰瑞先生家旁边那块被铁丝网隔开的草地。

萨奇莫感到腹中一沉，喉咙仿佛搓麻绳一般拧成了一股。尽管心知肚明，但他还是转头看去，只为了确保最初的判断是对的，确保那一闪而过的画面并不是幻觉。杰瑞先生养了一条狗。

放学后

杰瑞先生的妻子几个月前去世了。一周后,萨奇莫陪着妈妈来到杰瑞先生的门前。他的手里捧着一棵自家养的盆栽,妈妈则端着一磅蛋糕。这是妈妈特意为杰瑞先生做的,对痛失挚爱的人表达一种委婉的慰问。萨奇莫暗暗希望一磅蛋糕足够慰藉杰瑞先生,希望妈妈不要喋喋不休地再建议杰瑞先生养狗——从动物收容所领养一条。

送蛋糕可以,萨奇莫暗暗想,领养狗就免了吧。

"您失去了伴侣,但可以拯救另一条生命。"他的妈妈亲切地对杰瑞先生说。

不如要了我的命吧。萨奇莫暗暗想。

杰瑞先生当时连连摇头,说他还没准备好。看来,他现在是准备好了,而且那还不是条小狗,不是那种毛茸茸的、会跑的"橄榄球"。不是的,面前这条狗很像是混血的哈士奇,也许有一点儿德国牧羊犬的血统,一点儿拉布拉多犬的血统,说不定还有点儿罗威纳犬的血统呢!总之,一定是某种凶猛怪兽,虽然萨奇莫并不清楚凶在哪里,他但心里就这样得出了结论。

这就是他开始制订计划的前因后果。他需要拟定一条逃生路线。

今天最后一节课是数学课。放学后,萨奇莫离开教室,浑浑噩噩地走向他的储物柜。他打开柜子,往书包里更换了几本书,又把头伸进储物柜,深吸了几口气,这才回过神来。这次回家的路将是一段漫长的旅程。他希望这一次不会导致他的另一条腿上增添一个笑脸疤痕。

"萨奇,接着!"卓卓·华生喊道,把一个课本朝萨奇莫扔了过来。萨奇莫抬起头,看到课本正朝他脸上飞来。他伸出双手挡住飞来的课本,双手乱抓,结果课本还是掉在了地上。

"你把课本落在史蒂文斯夫人的教室里了。"卓卓说着,从口袋里随手掏出几个三明治袋子,笨拙地叠好,又重新塞了回去。

"哦。幸亏有你。"萨奇莫说,试图让自己清醒过来,至少假装没有昏头,"你可真是我的救命稻草。"

"小意思。"卓卓说着,转身匆匆离开。

萨奇莫捡起书,抛向空中,再次接住。从书页中滑出一张小纸条,那是辛西娅·索尔的喜剧表演请柬。但萨奇莫没有心情去看,他把书再次抛到空中,再接住,然后把它塞进书包,砰的一声关上了储物柜的门。

他走出学校,径自往街角走去,然后右转拐上波特尔大道,这条路和步行去栗树街的路线一样。不过,他在到达栗树街前右拐进了雀巢街。他开始在头脑中复盘他的逃生计

> 放学后

划,整个人因为这次任务变得格外兴奋。没错,对他而言,这就是一次……任务。

  好吧,萨奇,做好准备。
  你已经把计划全都想清楚了。你不会被咬的,不会被吃掉的。
  深呼吸,萨奇。深呼吸,把一切都搞定吧。
  我们从狗跳过栅栏开始。如果——
  那条狗跳过栅栏,不要惊慌,按照计划行事。直接向右拐。如果杰瑞先生的皮卡停在街上,就跳上皮卡的车斗,然后大声呼救。这是一垒位置,是你的首选。然而——
  如果出于某种原因,杰瑞先生的皮卡不在那儿,他因为某个未知的缘故外出了,没准儿是趁他的邻居逃命的时候拯救其他狗去了,你就直接跑向卡特家。
  这时候你没时间按卡特家的门铃,而且卡特夫妇肯定还在上班,所以,你就直接跑到他们家房子的后面去。他们家后院有个游泳池。不是那种大游泳池,实际上你从没亲眼见过,只记得听妈妈提过,街坊四邻都在私下疯传卡特夫妇要在他们家的后院建一个游泳池。她说这件事的样子并不像是在说笑。所以,如果那里的确有游泳池,你就跳进去。不用担心池子有多深,你会游泳。

你跳进池子里,希望那条狗不会跟着你来到后院。然而——

如果它还是跟着你,也许它不会跳进游泳池。然而——

如果出于某种原因,它跳进了池子,那你要立刻跳出来。要立刻跳。关键是,狗这种动物一跳进水里,就只会做那种可笑的狗刨动作,这样它们就没法一边狗刨一边继续作恶了。而且,它们在水里也游不快。毕竟是狗,又不是海豹。

所以,当你跳出游泳池的时候,在狗追到池子的另一边并爬上岸之前,你会领先一步。你会刚好利用这段时间,跳过那道栅栏。妈妈说过,卡特夫妇为了不让温斯顿女士家的小孩在他们的游泳池里玩耍,建了那道栅栏。虽然没法确定有没有游泳池,但栅栏肯定有。你知道的,栅栏不会很高,但你必须加速跑才能翻越过去,因为那个时候你浑身都湿透了。如果你翻不过去,那你要尽快,尽快脱下衬衫、裤子和鞋子,试着再翻一次。你当然需要这些衣服,但保命更重要。妈妈会理解的,当然了,你也要克服穿着内衣走在大街上的尴尬。

一旦越过栅栏,你应该就安全了,因为这时候狗游过游泳池,再跳上岸,再跳过栅栏,应该太累了。但它还是会尝试。它可能还是会一路追你到街上,追你到家。然而——

放学后

　　如果出于某种原因，当你跑回街上时，那条狗已经在那里等着你了，伙计，你恐怕就死定了。

　　不，不，不，不。

　　如果出于某种原因，那条狗真的在那儿等着你，那你就停下来，跳上一直停在萨达尼家门前的那辆旧车。自从萨达尼的车几年前被偷之后，他就只买那些根本开不动的破车，所以他不会介意你跳上发动机盖的。如果那条狗和你一起跳上发动机盖，那你就爬上车顶。狗应该会在沿着风挡玻璃往上爬的时候滑倒，但你不要心存侥幸。

　　趁着狗脚下打滑的时候，你就跳下车，看看车门有没有锁。萨达尼从不锁车门，因为他知道这些车根本没法发动，也不可能被偷。

　　如果车门开着，那就跳进车里，关好车门。车里是个安全的地方，你不需要发动汽车才能摇下车窗；这种老式汽车都是那种手摇车窗。

　　把车窗摇开一条缝，尖叫求救，直到救援到来。

　　然而——

　　如果出于某种原因，车门锁上了，就从书包里掏出早饭剩下的香肠馅饼，像扔飞盘一样扔出去。它肯定会去追香肠馅饼。但如果它不追，你就要继续拔足狂奔。你必须跑"之"字形线路，就像以前你和克兰西假装打超级碗橄榄球大赛那样，他当四分卫，你当接球手。你觉得克兰西会在哪儿？他现在会怎么做？是超长距离传球，还是干脆掉头往反方向跑？他会不帮助自己的队友吗？他为什么不去追布鲁图斯呢？他为什么不去擒住那条狗呢？如果他擒住了那条狗，你就可以反过来对狗叫、对狗咆哮，让它也尝尝那是什么滋味了。

现在想这些都不重要了。重要的是一定要确保跑"之"字形路线。要准备好左腾右闪，上蹿下跳，前突后进。狗有四条腿，而你有两条，所以它不可能追得上，对吧？还是说，其实腿越多跑得越快？谁知道呢，不过，无论如何你都要那么做，一路跑"之"字回家。

当你回到家，就直接跑到侧门去，你今天早上特地没有锁侧门。你知道，如果妈妈知道你没锁门，非责骂你不可，因为你们家既没有看门狗也没有报警系统。然而——

如果出于某种原因，某个奇怪的原因，侧门居然被锁上了，那萨奇莫你就只能祈祷奇迹发生，祈祷能有什么东西能半路杀出来救命了。比如，一辆校车从天而降？

当萨奇莫慢慢走近杰瑞先生家的时候，他已经做好了准备，要按照他那个宏伟计划，那个能救他命的计划行动了。萨奇莫故意走到街道的另一侧，希望多多少少能给自己带来

> 放学后

一点儿优势，毕竟，没必要引诱那头野兽袭击呀。

当萨奇莫悄悄溜过杰瑞先生家的前门，来到侧院时，他觉得后背紧得好像绷上了生牛皮，胃里似乎黏成了一团，手掌湿漉漉的，手指却像狗粮一样干燥。

正在这时，他好像听到了一声狗叫。结果，那并不是狗叫，而是一个老人粗哑的声音。

"萨奇！萨奇！"

是杰瑞先生在招呼他。他跪在栅栏后面，正在抚摸着狗的头。那条狗的舌头亲热地舔舐着老人的脸颊。不是"咬咬咬"。

而是"爱爱爱"。

"萨奇，快过来，"杰瑞先生招呼道，他脸上的表情仿佛在跳着触地得分[①]的胜利舞蹈，"我想把你介绍给我这位好朋友。"

[①] 橄榄球比赛中重要的得分方式，即进攻方队员攻入防守方的得分区内，用手持球触地。

南景大道

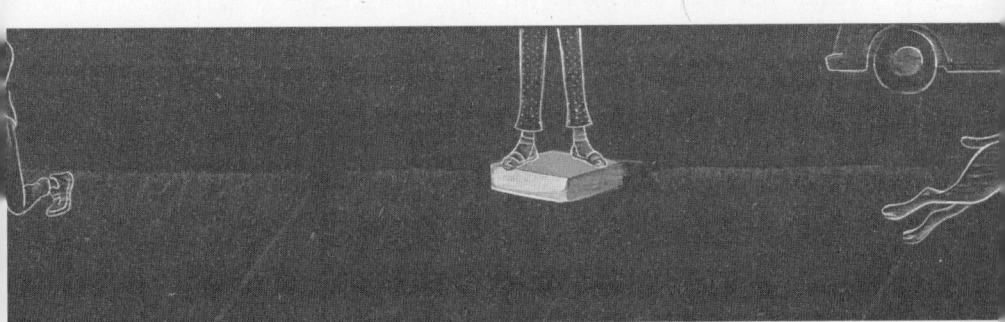

奥卡柏卡国

"哎——瞧一瞧,看一看啊,女士们、先生们,都凑过来仔细看清楚啊!花斑豹子长颈鹿,橡皮软糖棒棒糖,蜥蜴的嘴唇,金鱼的眼,哦,对呀,还有你……史蒂文斯夫人。我是超级侃王'话不停',专门逗你笑翻天。什么?问我怎么翻?我能带着你翻墙翻书翻白眼,翻天翻地翻……答案。"

"注意措辞。"史蒂文斯夫人坐在教室角落的课桌后警告道。她交叉双臂坐在角落里,看着"话不停"——辛西娅·索尔在全班同学面前表演。

这是唯一能让辛西娅不扰乱和破坏整堂课的法子。如果史蒂文斯夫人不把最后5分钟留给辛西娅,她就会自顾自地对这节课教的东西来上一番稀奇古怪的独白。比如,负数是多么值得同情，因为没人该觉得自己比零还不如。

"我是说，如果别人总说你一无是处，比零还不如，你难道不会觉得太惨了点吗？那差不多就是说，你就不该生出来了呀。你比'没有'还要差。你妈妈大概会把你直接踢出家门啦。你的朋友会直接提出绝交啦。你要问为什么，他们会说，因为你压根不'正'呀。现在问题来了，为什么要哭着喊着研究负数呢？谁会研究负数呢，史蒂文斯夫人？谁——会——呢？"辛西娅会朝空中挥舞拳头，夸张地拖着长音，直拖到再也吐不出一丝气，肚子扁扁，弓下身子趴在课桌上，脸颊贴着桌面。

就在史蒂文斯夫人以为表演终于结束了的时候，辛西娅又会站起来问："如果我是负数，知道我会怎么做吗？"

答案只有一个。

"辛西娅，你敢——"史蒂文斯夫人警告说，她知道接下来会发生什么。

答案从来都只有一个。

"我——会——"

那个答案，全班都知道。

"辛西娅，不是吧……"史蒂文斯夫人无奈地摇了摇头。

因为全班都知道。全班同学都会附和着和她一起说：

"跑！"

放学后

　　辛西娅会从座位上一跃而起，冲出教室。但她只会冲出去一秒钟，然后又会像什么都没发生似的走回来，回自己的座位，端端正正地坐着，一只手拿着铅笔，另一只手装作无辜地拨弄着扎在脑袋两侧的翘辫子——她的发型很有喜剧效果，这正是她喜欢的。史蒂文斯夫人曾经被她气得大呼小叫，冲到门口拽住她，甚至威胁要给她记过。

　　"哦，史蒂文斯夫人，别把我从班里'除'去，求您啦。不能'除'，'除'不尽呀！"辛西娅会假惺惺地哀求，继续拿数学符号讲笑话。

　　"哦，我没打算做除法，辛西娅。我呀，我正想着是不是——做减法呢。"

　　不过，史蒂文斯夫人从没这么做过。实际上，她很喜欢辛西娅的笑话。这让她想起了小时候看过的黑白电视节目，她的祖母总是喜欢看那些喜剧。所以，史蒂文斯夫人跟辛西娅这个小傻瓜做了笔交易：如果辛西娅整堂课都能专心听讲，那最后5分钟就允许她尽兴表演。

　　"好了，女士们、先生们，现在为大家插播新闻。刚刚收到的最新消息：T恤……这个词也太怪了，对不对？我是说，不是吧？给这东西起名字的时候，就不能……想个更好点儿的词吗？"辛西娅一边说一边拽了拽T恤领子。

　　"我听说——不一定对啊，完全是听说的啊——很久很久很久以前,有那么一位老兄,他是做衣服的。他发明出这么个用布做的东西,能遮盖身体,能安安心心不用担心自己的体形太差。刚做出来的时候,他想给这衣服起个名字,既然穿上它能'安心不怕体形差',那就叫'安心不怕体形差服',简称'安不差服',再简称干脆叫'ABC服'好啦。可后来呢,有了ABC字母歌啦,你们都懂的,就是那个曲调和'一闪一闪亮晶晶'一样的字母歌。结果呢,这个裁缝发现,大家都唱ABC,都知道ABC代表字母歌,那这个ABC就不适合代表他那个'安心不怕体形差服'啦。可是呢,他又想不出该换成什么新名字。有一天晚上,他和一个朋友在一起。不,不是一个朋友,是一群朋友在一起吃晚饭。大家都会顺便试试他这个'安心不怕体形差服',对吧?结果大家都很喜欢这衣服,问他这东西叫什么名字。裁缝的心里那叫一个慌呀,又不好说叫ABC服,只好把全名说出来了。大家听得惊掉了下巴,简直难以置信呀!他们抗议说:'这名字也太长了吧!我们管鞋子就叫鞋,不会叫什么安心不怕脚指头受伤罩儿'!咱们这位裁缝啊,有个毛病:一紧张,就爱吃东西。哎呀,我刚才是不是忘了告诉你们他有这毛病啦?总之,他只要觉得压力大、心慌慌,就会吃东西。现在他就压力很大、心很慌呀,因为大家都说,除非改名字,否则他这个衣服根本没人要。'那你打算把名字改成什么呢?'大伙儿问他。他答不出来,于是就开始往嘴里塞面包卷。一个,两个,不停地塞塞塞,使劲往嘴里塞。'说话呀,你打算给它取什么名字?'大家又问。你们猜,那家伙嘴里塞满了面包卷,会怎么答呢?"辛西娅讲到这里停了停,准备抖出最后的包袱,"我来告诉你他究竟说了什么吧,"辛西娅慢条斯理地说,"裁缝耸了耸肩,含糊不清地说:'狗屎,这我咋知道!'"

不等全班哄堂大笑,史蒂文斯夫人及时打断了大家。

"好吧,好吧……今天就到这里吧!"她说,努力克制着不笑出来。还好,没必要多说什么了,在她抖出那个带不文雅字眼儿的包袱时,刚好下课铃响了。

辛西娅的妈妈白天上班,晚上读夜校。在辛西娅还是婴儿的时候,妈妈会给她读夜校课本里的文章当作睡前故事,哄她入睡。在辛西娅心中,妈妈就是英雄,一位忙得没时间拯救她的英雄,一位工作辛苦得连笑的时间都没有的英雄。尽管如此,她仍然是一位英雄。不过,外公则是辛西娅心中的超级英雄。这并不是说,他是有超能力的超人,而是说他有一种不可思议的本领——至少对辛西娅来说是这样。对绝大多数人而言,他只是一个情绪外露的退役军人,在辛西娅家的公寓楼前开了一家卖酒的小店。外公的与众不同就在于，他会把一只木箱倒扣在小店中央的地上，站在上面即兴表演。讲笑话就是他的超能力，有些人觉得他讲的段子越脏就越好笑。就连辛西娅的名字也是根据外公的名字起的。

外公名叫辛达。每当他做自我介绍的时候，大家总是问："辛达？就像灰姑娘，辛德瑞拉？"

他会答："不是啦。就是辛达。辛达的意思是'煤砖'。"

但实际上，这两种特质在他身上都有。一方面，他坚韧如煤砖，脚踏实地，手段强硬，说话也强硬；另一方面，他温柔如灰姑娘。他会温柔地抱着还是婴儿的辛西娅，凝视着她，开怀大笑，好像她是有史以来最最棒的笑话。

他会温柔地一眼看出，谁是他的好搭档。他还温柔地为她起了个可爱的绰号：亲亲宝贝话不停。之所以起了这个名字，是因为只要辛达来接年幼的辛西娅，她总是发出各种"嘎嘎""咕咕""哇哇"的喧闹声。她从小就吵闹个不停。这时，辛达总会行个军礼，说："天哪，亲亲宝贝，你可真是爱表达呀，真是话不停呢，我的亲亲宝贝。"

辛达有个名叫弗兰的女朋友。她一头白发，涂口红，爱抽烟，是个邮差，总是来他的小店送信和账单，总会在他站在店中央讲笑话的时候忽然出现。她会哈哈大笑，笑声震得店里的瓶子都抖得咯咯作响。这让所有的男人对她和辛达的爱情艳羡不已。

> 放学后

每当她星期六来小店的时候，总会看到辛西娅学着外公走路的样子在店门口昂首阔步。这时候，弗兰就会把邮票贴在辛西娅胖乎乎的脸颊和额头上。

"我要把你丢进信箱里，把你邮寄到奥卡柏卡国[①]去。"她总是这样逗辛西娅，辛西娅被她逗得大笑着、尖叫着、抗议着，就好像奥卡柏卡国是个真实存在的地方似的。

辛西娅7岁的时候，弗兰去世了。在辛西娅心中，弗兰就是她的外婆，她唯一认识的外婆，这令她十分悲伤。但谁也比不上外公辛达的悲伤。就好像辛达的思绪也随着弗兰的音容笑貌一起飘走了，或者随着她一起被埋入地下，埋进了小店对面的墓地里了。透过4楼公寓的窗户，辛达可以看到她的墓碑。这是他和弗兰一起生活的公寓，离辛西娅和妈妈的公寓只隔着5户人家。

弗兰去世后不久，辛达就关了那间卖酒的小店。没过多久，那片房屋就被拆除了。又过了不久，公寓大楼管理处在小店原来的地方建了一个操场，带有一个滑梯、一组秋千、一个跷跷板，还有一个表演台。

那并不是什么精致讲究的大舞台，只是一个混凝土台子，和辛达过去经常站着表演的木箱子大小差不多。表演台上钉着一块青铜牌子，上面写着"辛达煤砖表演台"。

[①] 奥卡柏卡国（Ookabooka Land），一档脱口秀节目。

辛西娅真希望外公有一天会再次站在这个台子上，讲一两个笑话。但外公不会再讲笑话了。因为在小店关门后不久，辛达就开始忘事了。他忘了该怎么开收音机，忘了该怎么用微波炉。每当这些简单的小事从辛达的记忆里消失时，辛西娅就得过来帮忙。

"你得告诉我怎么开电视，'话不停'。这玩意儿我好像搞不定呀。"辛达指着电视屏幕旁边放眼镜的盒子说。

后来，辛达忘事的毛病越来越严重，原本住在同一条走廊上的辛西娅和妈妈只好搬到了外公的两居室公寓里住。辛达住一间房间，辛西娅和妈妈住另一间。但很多个夜晚，极度疲倦的妈妈会在床上辗转反侧，辛西娅这时就只能睡到沙发上去。

她梦想有一天能把妈妈逗乐，让她彻底卸下繁重的工作，卸下肩头的压力。妈妈被这些压力折磨得脸上好像化着与肤色不相称的浓妆一样。她梦想着有朝一日，妈妈也能幽默起来，也能给她讲笑话。哪怕是"敲门"这样的小玩笑也好。

"当当当！是谁呀？"辛西娅问。妈妈总是答"是我"。辛西娅真希望妈妈能给出更搞笑的回答，这样她就不用说"我？我是谁呀？"了。

这就是"话不停"一直以来的愿望。那是她希望向妈妈表达爱的方式，就像当年外公和弗兰之间表达爱的方式一

放学后

样——通过笑声表达爱。可妈妈太忙了，没时间休息，那么谁有时间谁听吧。笑声总是笑声，哪怕只是哈哈两声，也是笑。所以，每到快下课的时候，她都会侃侃而谈，笑话不断，让全班同学沉浸在笑声中。

今天也不例外。

下课后，每个人都忙着冲出史蒂文斯夫人的教室，辛西娅却站在门口发传单。她发的不是那种专业的、绘有图形和炫酷光影效果的印刷传单，而是从笔记本上撕下来的单线纸，每张都被撕成了正方形（边缘有些濡湿，因为她相信舔湿后再撕开的方法更好），纸片上用红笔写着：

"话不停"现场脱口秀。
地点：南景公寓辛达煤砖表演台。
时间：下午3点33分开始。

"机不可失，时不再来，机会少见得就像……勒紧范塔纳先生的裤腿儿。"辛西娅揶揄道。她也不知道这说法是从哪里冒出来的，反正就这么叫了下来。

她来到走廊尽头，停在储物柜前整理好个人物品，然后向楼门口走去，中途不忘停下来揶揄她的朋友格雷戈里·皮茨，说他闻起来和他的姓氏很像，都像坏皮子那么难闻。她

138

每天都这么说，但只是随口说说而已。格雷戈里也知道这是个玩笑，所以像鸟一样拍打手臂，假装把自己的气味扇出去。

"3点33分！"她高声叮嘱道，"一定要来！"

走出校门后，辛西娅没有走平时回家的那条路，也就是大多数步行回家的同学走的那条路。那条路比较绕远，会经过波斯特女士所在的街角。交通协管员波斯特女士总会穿着橙色的背心站在那里，招手示意汽车通行。她会不停地吹着警哨，在嘴里憋着一口气，憋得那张脸快要炸裂一般。

辛西娅今天直接穿过草坪，绕到学校后面，走了一条近路。她本来可以直接走学校后门的，那样更近，但要是那么走，她就不会遇上格雷戈里了，这种挤兑朋友的机会怎能错过呢？再说，尊重惯例和传统很重要——她很久以前就从外公那里学会了这一点。

她沿着学校的一侧向前走，手指从校墙的红砖上不经意地划过，一直走到学校后面的那排树前。那算不上是一片树林，不过是一排枫树，在学校和道路之间形成了一道屏障。辛西娅走到那排枫树旁，看着树木密密麻麻伸出的枝杈，不像胳膊，更像是伸展的腿，像一棵棵倒立着练瑜伽的树。这片土地总是泥泞不堪，她小心翼翼地把牛仔裤脚卷到脚踝以上，踮起了脚尖。

> 放学后

这排枫树的另一边就是卡里根街,这条街除了南景公墓的入口以外,似乎不通向任何地方。公墓占据了整片街区,四周设有庄严的铁门。辛西娅看了看道路两边,穿过街道跑进了墓地。横穿墓地的这条路是回家最近的路,如果能穿行,就没必要绕路。再说,她还得为外公收集一些"咯咯笑"呢。

"咯咯笑"就是烟头。辛达爱收集烟头,辛西娅也总是想尽办法找烟头。人们经常会在墓地里边走边抽烟,然后把抽剩的烟头扔在地上,有时甚至把烟头和鲜花、照片、字条、瓶子、蜡烛一起留在墓碑上。不过,辛西娅要寻找的是那种"咯咯笑"烟头,是辛达想要的那种烟头。他并没有给这种烟头起名叫"咯咯笑",这是辛西娅想出来的名字。

弗兰去世后不久,有一天,辛西娅帮外公打扫公寓,帮他整理文件和衣服,帮他慢慢重新振作起来。

"你还要留着这个吗?"她举起一顶老式帽子问道。

"嗯哼。"

"那这些呢?"辛西娅问,举起一叠邮票和信封。

"哦。我没什么东西可寄的,所以……不要啦。"辛达说。辛西娅从邮票簿上撕下一张邮票,贴在额头上,对外公扮了个鬼脸。见外公笑了,她把剩下的邮票塞进了裤子后面的口袋里。

"那这些呢？"她又问道，举起一个装满烟头的烟灰缸，烟头上粘着红色的口红。

他探过身子往烟灰缸里看，就好像趴在一汪水池的池沿，差点儿一头栽进去似的。然后，他捡起一个烟头，凑到面前细细端详，仿佛在端详着一枚子弹，一枚能击碎他心脏的子弹。然而，那烟头并没有击碎外公的心脏，至少在辛西娅看来没有。辛达的眼眶虽然湿润了，却没有哭，反而咯咯笑了出来。

辛西娅在墓地里逛来逛去，试图寻找"咯咯笑"烟头，却一无所获。墓地里有人在遛狗，有人在探访亲友的墓碑，有人在清扫家庭墓园，有人在捡垃圾，还有人在将干枯的花束换成鲜花。辛西娅看到两个女孩面对着一座墓碑，并排坐在滑板上。她觉得自己应该认识那两个人，但又不想盯着她们细看。毕竟，那么做显得有点儿古怪。她就那么一直走，一直看，目光在那些刻着姓氏的墓碑顶部扫来扫去。

然而，她没有多少时间了。

此刻已经是下午3点26分。再过7分钟，她的"话不停脱口秀"就要开始了，所以她猜，这下子大概要空手而归了。她恐怕没法子给外公带去新的"咯咯笑"了。正在这时，她来到了弗兰的墓前。那块墓碑上方刚好放着一根烟

放学后

头,烟屁股上还带有一点儿口红印。这在辛西娅眼中似乎是一个启示。她把烟头塞进口袋,继续往前走。

她从公墓的另一边,也就是南景大道那里走了出来,穿过马路,来到南景公寓的操场上。有个小女孩正坐在秋千上,踢着双腿荡来荡去,头发仿佛过了静电一般四下飞舞,脸上洋溢着幸福的笑容。

然而,只有小女孩一个人。

现在是下午 3 点 31 分。

辛西娅在"辛达煤砖"上坐了下来,抻了抻后背。总睡沙发似乎让她的身体衰老了似的。一想到这里,她忍不住笑了。

"我敢打赌——沙发之所以叫沙发,是因为它其实全称叫'腰背慢性谋杀大法'。"她低声说,也许在自言自语,也许在对那个荡秋千的小女孩诉说,然而,女孩并没有在听,"也对……这笑话不怎么好笑。"

3 点 32 分。

一只鸟儿落在她身边。那是一只鸽子,暗灰色的羽毛,看上去十分美丽,仿佛大雨之前的乌云。

"是啊,不管怎么说,我这都算是瞎扑腾。"她对小鸟说,"真想知道你会是什么感觉。你毕竟有真的翅膀呀,不用瞎扑腾。你可以飞到任何你想去的地方,这可实在太牛啦。你可以飞到你想要的事物面前。不过，郁闷的是，就算能飞到想要的东西面前，你却没有手，没法伸手抓住它。"这句话让她忍不住笑了出来。

3点33分。

依旧没有人来。不过，以前也没有人来。嗯，这话也不完全准确。有时候格雷戈里·皮茨、雷米·沃恩、乔伊·桑迪亚哥和坎迪斯·格林会来，那是因为他们刚好也住在南景公寓。

辛西娅认为光顾她喜剧秀的人太少的原因是大家放学后都得回家。总是有父母规定啊，各种课外训练啊，家庭作业啊……可以理解。

要么是因为这个，要么就是因为大家不认为她真的要表演。他们把3点33分开始表演这件事当作是她表演的一部分，当作是她讲的笑话的一部分，当作是她超级侃王"话不停"个人标志的一部分，他们只是觉得"行啊，既然你总是话说个不停，你说什么就是什么呗"。对不对？当然对。

其实，真相就是，下午3点33分这个时间是辛西娅为妈妈准备的。她会在下午3点结束咖啡师的工作，4点15分到夜校读书（现在她在读研究生课程）。她总是一下班就直接去上课，但如果出于某种原因，她决定翘课，放一天假，

放学后

休息一下,那辛西娅就会准点守在这里,站在辛达煤砖上,像她的超级英雄外公教她的那样,为她心中的英雄妈妈讲笑话,让她展露笑颜。

然而,英雄是没有休息日的。

辛西娅打开书包,掏出笔记本,扯下了一页纸。她又翻出一支笔,开始写关于鸟的笑话,说鸟儿没手有多倒霉,如果有手又有翅膀该有多棒,不过真要是那样,鸟就变成了天使,一只长着鸟嘴的天使又有多吓人。写到这里,她笑了出来。

辛西娅又从书包前面的口袋里拿出一个信封和一张邮票,这个口袋专门存放这些东西。她把那张纸折好塞进信封,封好,在信封上写了自己的地址,又贴上了邮票。她又从邮票簿上撕下一张邮票,走到正在荡秋千的小女孩面前。

"想不想要一张贴纸?"辛西娅问。

小女孩停下秋千,伸出手来。辛西娅把那张邮票贴在了小女孩的手背上。那是一张查理·卓别林的邮票。

辛西娅上楼回到了公寓,把书包扔在沙发上,径直走向外公的房间。

当当当,她敲了敲门。

"外公,今天有信来了。"

没有人回答。

她又敲了敲门。

"外公。是我,'话不停'。信来了。"

仍然无人应答。

辛西娅担心起来。她转动门把手,缓缓地推开门。"外公?"

外公就在房间里,坐在床边,在他的记事本上胡乱写着什么。地板上散落着无数纸团,推开的房门把一堆纸团扫到了地板的一侧。这种事并不少见。外公的房间里总是有许多纸团,大多数纸团上都写着些杂乱无章的句子,没头没尾的。外公的手里攥着一支笔,正忙着把脑子里冒出的所有句子都想办法写到纸上。不过,还有些纸团上的字并不是他的笔迹。这几张纸都是从信封里抽出来的,信封上歪歪扭扭的草书正出自他这位全世界最酷的外孙女。

"外公,你听到我敲门了吗?"辛西娅问道。辛达抬头看着她,有那么一阵,他似乎没有认出她来。

终于,外公开了口。"哎呀,是'话不停'呀。我没听见你敲门。我正想把脑子里想到的笑话写出来呢。知道吗?我想给你写个漂亮的包袱,让你明天带到学校去表演呢。"

辛西娅走到外公身边,吻了吻他的脸颊,低头看向那张纸。上面只写了一个词:鼓膜。

▶放学后

"鼓膜?"

"是啊,但没什么意思。"他一把扯下纸,揉成一团,扔在地板上,"我在构思另外一个段子,我觉得那个更好一些,谁知道呢。对了,今天学校怎么样?"

"秒杀全场。"

"你说了那个T恤的笑话?"

"是的。大家都笑翻了。"

"啊。你妈妈以前很喜欢这个笑话。"他的声音里带了一丝温柔,过了一会儿,他继续说,"你们老师没生气吧?"

"没有,她相当淡定,"辛西娅保证道,她忽然想起了口袋里的烟头,"哎呀,我差点儿忘了。我今天发现了一根'咯咯笑'。"

她从口袋里掏出那根粘着口红印的烟头,放在了外公的手掌上。辛达低头看着烟头在掌心滚来滚去,看了好一阵,露出了微笑。他站起身,走到小桌边,把烟头放进了桌子上的一只小瓶子里。那里已经有100根烟头了,也许更多。

"这儿还有你的信呢。"辛西娅说着拿出了那封信。信封里塞的就是那个关于鸟的笑话。她只在信封上写了自己的地址,也就是外公家的地址,除此之外再没写别的。外公接过信,放在了桌子上。

辛西娅知道,他之后会打开信,会读信上的笑话,然后会忘记自己读过,以为这是他自己写的。然后在第二天,他会让辛西娅在史蒂文斯夫人的课上试试这个新笑话。她会告诉他,自己会这么做的,然后放学回家后再告诉他那个笑话效果很好,告诉他,他的笑话仍旧让人捧腹大笑。然后他会说:"我们一直都是好搭档,对不对?"或者会说:"这就叫有其父必有其女"。然后辛西娅会亲吻外公的脸颊,高兴地点点头。

辛西娅起身离开外公的卧室。走到门口,她又转身问道:"另一个段子是什么?"见辛达一脸困惑,辛西娅继续道:"我是说,笑话。你刚才说,你在构思另外一个段子。"

"啊,我正在琢磨怎么说呢,但我不觉得这个段子效果会好。"

"是什么呢?说说看。"

"好吧。"辛达沉思了一会儿,然后注视着外孙女的眼睛,"假如,一辆校车从天而降,你说,会怎么样呢?"

辛西娅想了一会儿,一抹微笑悄悄爬上了嘴角。"我在想……它是从奥卡柏卡国来的吗?"

他们俩都没有说话。

只有思想的共鸣和碰撞。辛西娅看着她的外公,她的灰姑娘,她的煤砖。那个教会她表演的人,那个告诉她人生大部分时候都很有趣,不有趣的时刻其实也能找到笑点的人。

放学后

这一点,她永远不会忘记。

外公也看着她。那是只属于祖孙俩之间的心有灵犀。辛西娅和辛达咧开了嘴,笑声倾泻而出。他们笑得那样开怀,笑声震得桌上那一瓶"咯咯笑"烟头也抖得咯咯作响。

罗杰斯街

油腻腻，火辣辣

朋友们都很喜欢格雷戈里·皮茨，所以大家把真相告诉了他。真相就是，他闻起来像死人，像腐烂的尸体。倒不是说他真的腐烂了，只是他的身体似乎把他的器官当成了垃圾，他就像一只会走路、会说话的垃圾桶。

而偏偏就在今天，这股味道却怎么都除不掉。为了帮助朋友，情急之下，格雷戈里的死党雷米·沃恩、乔伊·桑迪亚哥和坎迪斯·格林决定出手相助。因为今天是浪漫的一天。

"我们马上要出发了。你确定你没问题吗，坎迪斯？"乔伊问，"我听说布莱森的事了。"布莱森是坎迪斯的表哥，他前一天被人偷袭了。

油腻腻，火辣辣

"没问题，放心吧。布莱扛得住。"坎迪斯说，"再说，我们去的地方正好也顺路。所以，一旦搞定咱们这位可怜的家伙，我就去看他。"

"好吧。那么……我们首先要做的就是，让你闻起来很迷人。"雷米对格雷戈里说。一放学，几个孩子就集合在了教学楼前的长凳边。

"你带了那东西，对吧？"坎迪斯问雷米。

"那还用说。"

"什么东西？为什么你们老在说那个那个的，就好像它是……"格雷戈里突然不纠结了，"好吧，不管了！只要管用就行了。"

"哦，会管用的。"乔伊说着扬了扬眉毛。

雷米在书包里一通乱掏，翻出一罐身体喷雾。"就是这个。这是贾斯汀从加油站搞来的。他说这玩意总体而言就是全身的除臭剂。"贾斯汀是雷米的哥哥，在雷米眼里很有权威；他打开了喷雾罐的盖子，"把眼睛闭上。"

"嗞——嗞——"雷米举着喷雾，从格雷戈里的头顶一直喷到脚底。有一两滴喷雾甚至喷进了他的嘴里。格雷戈里开始反胃，不停地咳嗽。

"站好了别动！"坎迪斯命令道，雷米把格雷戈里转了个身，又往他后背喷了一些。这喷雾的气味闻起来就像……

放学后

像……烧焦的花朵和橡胶混合在一起。不过总比格雷戈里平时的气味好多了,他平时的气味真是……一言难尽。

"不许乱喷!"沃克利女士指着格雷戈里和那几个朋友喊道,"你应该知道学校的规定。想喷就到校外喷!"

令沃克利女士倍感沮丧的是,走廊里总有人在喷什么东西,比如喷香水或古龙水之类的,他们认为这些会改善体味,到头来却让本来就难闻的味道进一步升级。但是,今天这个情况的确是特例。不管怎样,沃克利女士气呼呼的样子让格雷戈里、雷米、乔伊和坎迪斯觉得很滑稽,四个人都笑了起来。

"想喷就到校外喷!"坎迪斯学舌了一遍,"她竟然没发现,这话说得还挺押韵呢!"

"可不是!一个打瞌睡最拿手的说唱歌手!"雷米。

"一个信奉纪律为王的废话王!"乔伊也跟着押韵道。

他们把沃克利女士不苟言笑的形象匹配成了各种笑话段子,大家笑得忘乎所以,格雷戈里被笑话和喷雾双重夹击,更是笑得几乎要窒息。

几个人走出了校园,但并没有像往常那样步行回家。他们都住在南景公寓,不过今天,他们决定步行到罗杰斯街去,因为桑德拉·怀特住在那条街。

格雷戈里这段时间一直在给自己打气,想向她表白,不

油腻腻，火辣辣

过他很讨厌谈恋爱这个词，这听上去太……恶心了，还是说成……希望能和她在一起学习和玩更好些。他把这个打算告诉了雷米、乔伊和坎迪斯，大伙儿一致同意，会全力支持他。更何况，只有坎迪斯知道桑德拉住在哪儿。她和桑德拉小时候比较亲近，现在的关系也不错。

尽管大家都支持格雷戈里把想法勇敢说出来，但他们也提醒他要做好准备。他必须做好全方位的准备，就连先说哪句话、先迈哪只脚都要提前想好。当然，首先最重要的一点就是，他不能让自己闻起来像……伸出的那只臭脚。他得让自己闻起来比学校的食堂还诱人，最惨也不能比更衣室的味道差。

"听着，我只要朝你一提示'嘿'，你就要立刻跟上'哈'。"雷米这家伙总爱说这样的话。这主要是因为，他总爱诅咒发誓地说，有哥哥贾斯汀的言传身教，自己在和女生沟通方面颇有心得。不过坎迪斯总是一逮到机会就会告诉他，事实并不是这样。

"我看你是'嘿'过了头吧？这气味怎么就迷人了呢？要我看怄人还差不多。"坎迪斯挖苦道，她噘着嘴，皱着鼻子，似乎不想闻。不过，身体喷雾的效果的确不错。而且，既然气味部分已经解决了，她下一步就要解释保湿的重要性了。

▶ 放学后

"既然你身上不臭了,接下来我们就得确保你不干。"坎迪斯说着,从书包里掏出了一瓶足有鞋子大小的润肤乳。格雷戈里瞪大了眼睛,眉毛高高扬起,满脸震惊,还有一丝……恐惧。

"这是要搞……你这是从哪儿弄来的?"他嚷嚷道,眉毛慢慢回归原位。

"在我妈妈的浴室里找到的。"坎迪斯解释道。他们走到了交通协管员波斯特女士负责的街角,停了下来。听到波斯特女士吹响了警哨,四个人一起穿过街道,向左转,沿着波特尔大道继续向前。

"先停一停,"坎迪斯说道,"我总不能一边走路一边涂润肤乳呀。"那几个男生停了下来。坎迪斯反复按了好几下瓶子上的活塞,往手中泵出了一大坨润肤乳。那么多润肤乳,简直能把粗糙的人行道润滑成光溜溜的滑梯。"好了,让我们先从你的爪子开始润滑。"

她说着抓住格雷戈里的右手,先从他的指尖开始,慢慢往上涂抹,连一处指头缝、一道掌纹都不放过。格雷戈里忍不住咻咻地笑了起来。接着,坎迪斯又抹了他的手腕、前臂……她忽然停了下来,"胳膊肘是非常重要的。"

"胳膊肘?"格雷戈里一头雾水。

"胳膊肘?"乔伊也一头雾水。

"那当然啦！你可不想让桑德拉觉得，你的胳膊肘干巴巴的。你要是这个样子动作，胳膊会直接裂成两半的，明白吗？"坎迪斯一脸严肃地警告道。

"我是说，不会发生那种事吧。"格雷戈里看了看乔伊和雷米，见那两个呆若木鸡的样子，又弱弱地重复了一遍，"不会……发生那种事，对不对？"

乔伊终于有了反应，那表情好像下巴都掉了下来："哇哦！"

"怎么了？"这下子格雷戈里彻底糊涂了。

"他刚才说'不会发生那种事'，"雷米嘲笑道，"大家都听到了吗？他居然说不会发生那种事！告诉你吧，格雷戈里·皮茨。我听过不少故事，很恐怖的故事，都是关于某个干巴巴的男生本来想搞浪漫，结果裂成了一堆油漆碎片的事。你不想当油漆碎片吧，伙计，不想吧？"

"不想。"

"那就让我这双手对你的胳膊肘施展魔法吧。"坎迪斯宣布道，开始了她的工作。先从右胳膊肘干起：用她的掌心在胳膊肘上打圈，又用她的指尖反复按摩揉捏，以确保达到最佳保湿效果。等到格里戈里的右胳膊肘变得像达文佐先生的秃头一样锃亮时，她又开始对他的左手进行同样的操作，从手指、手腕、前臂，再到左胳膊肘。

> 放学后

"好吧。"格雷戈里说着抽回了胳膊。被朋友们这么热切关注着,他有点儿不好意思。还有路人从他们身边走过,看着格雷戈里的样子,就好像他是辆正在被打蜡的汽车。不过,他的确觉得不一样了,手指好像刚脱了石膏模子一般,十分柔软光滑。天晓得,润肤乳!

"还没完呢。"坎迪斯说着,又从瓶子里泵出了更多的润肤乳。

"还没完?"他尖声抗议道,"如果我们都走不到她家,折腾这些又有什么用呢?"

"我们当然会走到她家啦。"乔伊保证道。

"真正的问题是,当你好不容易去了她家,她却发现你的两只手、两个胳臂肘嫩滑光亮,而你的脸看上去却像被17根粗粉笔头砸过似的又糙又脏,这能有什么好处呢?"雷米朝空中做了个丢粉笔头的动作说道。

"说得一点儿不错,"坎迪斯又往手里泵出一大团乳液,"过来。"格雷戈里只好凑近了一点儿。坎迪斯拍了拍双手,将润肤乳匀到两只手上,然后轻轻拍打格雷戈里的脸颊。格雷戈里不安地扭动着身子,但坎迪斯毫不放松,压着他的脸来回搓揉,就像是要擦掉新运动鞋上的污迹似的。她用力按揉格雷戈里鼻翼的褶皱和嘴角,哦,甚至还有他的耳垂。就连雷米和乔伊都有点儿糊涂了,不过他们还是一致认为,坎迪斯知道自己在做什么。

一辆校车在街角停了下来，传来窗户下降的咔嗒声。

"嘿！"车上有个男孩吆喝道。坎迪斯、雷米和乔伊一起转头去看，但格雷戈里没有看，因为坎迪斯的双手正捧着他的脸。"我看你还是放弃吧。不管怎么努力，那张丑脸也变不出新花样来！"男孩似乎有点儿大舌头，说话时口水四溅。

"谢天谢地，"坎迪斯喊道，"本来也没想变成你那个样儿！"

"变成你那样儿，我们可就真有麻烦了！"雷米附和道。乔伊没说话，眼睛却在四下张望寻找可以扔的石子。不过，校车开走了。

坎迪斯不再理会，转头继续工作，用手掌揉搓格雷戈里的额头，揉得锃亮。"好了，"她终于松开了手，一边往后退，一边欣赏着自己的杰作，"你看起来……还不赖。"也就只能到这一步了，再多一丝赞美都显得粗俗。

"我这样行了吗？"格雷戈里问道，紧张地盯着坎迪斯的书包。

"差不多了。"乔伊说着，拉开自己书包的拉链。

"还有什么？"格雷戈里惊叫着后退了两步。

"嗯，你得给嘴唇也保养保养。"

▶放学后

"什么？！"格雷戈里吓得又后退了两步。

"放松点儿。我只是想说，你的嘴唇干裂——"

"的确很恶心。"坎迪斯接着说。

"这还真是个问题！"乔伊说着扬了扬眉毛。

"你的嘴唇嘴巴四周有一圈奇怪的、白色的糙皮，就像被什么东西烫过似的……"乔伊说着，坎迪斯打断了他。

"别老舔嘴唇了，老兄。很恶心，让你闻起来有一股口水的味道，再加上胳肢窝的臭味，你闻上去就像一坨呕吐物。作为你的朋友，作为一个刚好了解女生喜欢什么样的男生的女生，我得告诉你，这实在是个致命的打击。"坎迪斯的话劲爆又伤人。

"哇哦！谢谢你的……坦诚。"格雷戈里有点儿无语。

"那是因为我真心为你好。"坎迪斯耸了耸肩说。

"所以，既然说到这儿了……"乔伊的手在书包里掏了一阵，掏出了一只封了口的保鲜袋，里面有些黏糊糊的东西，"这是从我妈妈的房间里弄来的，本来看上去不像这样，只不过我不敢把一整罐都弄出来，要是被我妈发现了，非揍我不可。我可不想挨上一顿打。"

"得了得了。"格雷戈里说回了正事，"你是让我把这些都用了？"

"当然不！"坎迪斯说。

"当然不！"雷米叫道。

"来吧，伙计，"乔伊笑着打开了袋子，从袋子里飘出一股薄荷气味，"这东西可是有药效的，别紧张啊。"

"药效？如果有药效，没准儿对我还真有用呢，"格雷戈里一边说，一边用手指蘸了蘸。乔伊还没来得及开口，格雷戈里就把那坨东西塞进嘴里一通乱抹。

乔伊惊得张大了嘴巴。

"怎么了？"格雷戈里问，但只过了一秒，他又说，"呃——"接着，"呃……等等。哎呀！啊——"他开始用手不停扇着嘴，"这东西……好辣！"他说着，眼睛里开始冒出眼泪来。

"什么意思？辣？"坎迪斯双手叉腰问道。

"乔伊，你给他的是什么？"雷米抢过袋子，舀出一撮膏状物，凑到鼻子下闻了闻，"这是……？"他又闻了闻，伸出手指让坎迪斯闻，"这是……"

"薄荷膏？"坎迪斯抢过袋子，狠狠地嗅了嗅，浓烈的气味立刻充斥胸腔。乔伊羞怯地点了点头。

"为什么要给他涂薄荷膏哇？"雷米作势要捶乔伊的脑袋。

"我没找到凡士林，但这东西里也含有凡士林，所以我就想，效果基本上是一样的。"乔伊解释说。

"我说哥们儿,我每次感冒的时候,我妈就用这东西在我身上擦。这玩意会渗入皮肤,给身体降温的。"

"她涂在你胸口上的时候,胸口难道不是摸起来滑腻腻的?"乔伊反问道。

"我是说……"

"当然是滑腻腻的。"乔伊使劲地点了点头。

"那不一样!乔伊。"坎迪斯看上去哭笑不得。

"我哪知道他会往嘴里抹那么多啊!"

"太辣了,伙计们。火辣辣的!嘴里就像着火了似的!着火了!"格雷戈里倒吸着凉气叫道。坎迪斯和雷米急忙为格雷戈里的嘴里扇风降温。

"那就把这种滋味,想象成你心里燃烧的热火吧。"乔伊一边安慰,一边把袋子的封口一点儿一点儿捏紧。

雷米凑到格雷戈里的耳边,用一种几乎是催眠的假声轻轻地说出一个人的名字。接着,他想到这样其实帮不了朋友的忙,又补充道,"对不起啦,伙计。"

终于,几个人又继续往前走,沿着波特尔大道一直走到了罗杰斯街。大家一路上都在为格雷戈里加油打气,说对他充满信心,而且桑德拉也会对他充满信心,希望这样能帮他把注意力从火辣辣的嘴唇上移开。

"她怎么可能不喜欢他呢?"坎迪斯说,努力板着脸,做出信誓旦旦的样子。然而,当他们最终到达桑德拉家时,雷米、乔伊和坎迪斯却犹豫了。

"你准备好了吗?"雷米问格雷戈里。

"我想……是吧。"格雷戈里说,嘴唇依旧感到一阵阵刺痛。他从口袋里掏出一张纸,走上桑德拉家门口的台阶,按响门铃,又跑下台阶,因为坎迪斯反复叮嘱过他,女孩子们不喜欢男生一上来就侵入她们的领地。

"你不用站到这么远的地方,傻瓜。"她低声嘟囔道,把他往前推了推。

门开了。桑德拉探出头来,一脸困惑。她仍然穿着在学校里穿的那件运动衫。那是一件浅蓝色带黄色菱形花纹的运动衫。格雷戈里眨了眨泛着泪光的眼睛(嘴里的那股辣劲儿还没过去!),那些花纹看上去就像是,一大堆校车从天而降。

"你们有什么事?"她歪着头问道,显然不明白这到底是怎么回事。格雷戈里一句话也说不出来,只是呆站在那里,浑身油光锃亮,抖个不停。

"格雷戈。"雷米提示道,伸手抚上格雷戈里的后背,轻轻推了推。

"格雷戈有事情想告诉你,桑德拉。格雷戈,说呀?"这一次说话的是坎迪斯。

> 放学后

格雷戈里点了点头,展开手中的纸,开始读了起来。

"桑德拉,你在课堂上总能正确回答老师的问题,我觉得你……真棒。还有,你从来没说过我的坏话,至少没当着我的面说过。所以,我想问你,你愿意把电话号码给我吗?"

坎迪斯看了看乔伊,乔伊看了看雷米,雷米又看了看乔伊、坎迪斯,然后是格雷戈里。他们简直不敢相信,他真的说出来了。简直不敢相信,他刚刚向她要电话号码了。

桑德拉走下台阶,径直来到格雷戈里的面前。她抽了抽鼻子,眯起眼睛,好像格雷戈里那闪亮的额头反射出的光线晃了她的眼睛似的。他不断噘起嘴唇,往外吹着凉气。

"你在做什么?"桑德拉问,"你不会是在……?"

"不,当然不是!"格雷戈里的声音忽然高了一个八度,也许两个八度,他的声音几乎劈裂开来,"我才不会……只不过是……只不过是……我的嘴唇在发烫。"

"哦……呃……为什么?"

"薄荷膏。"

"你为什么要把薄荷膏涂在嘴唇上呢?"

"我没……怎么说呢……真是很难解释清楚。"

"你身上怎么这么油腻腻的?"

"这个……也很难解释清楚。"

"你身上为什么是这种味道?"

"这个……"

"很难解释清楚?"桑德拉替他说完了答案,格雷戈里点了点头,"那你愿意试着解释解释吗?"

格雷戈里的手开始颤抖,手中的那张纸抖得好像风中的干树叶。他低下头,又开始念他的那封蹩脚的赞美信。

念到一半,他抬头看了一眼。桑德拉正在微笑。格雷戈里猜,她这个微笑大概是要开始笑话他的前奏。

不过——格雷戈里暗暗想,也许并不是这样。

波特尔大道的街角

扫帚狗

校车可以是很多东西。

校车本身就能替代豪华轿车。坐在校车上能继续上课,因为校车可以是配备了代课教师的教室。

校车是学生版的教师休息室,是校长的办公台,还是带简易床的校医办公室。

校车是办公室,所有电话一齐响。校车是指挥中心,是会滚动前进的枕头城堡。

校车还是变形的坦克——变形了也还是坦克,因为热狗里的肠和熏肠其实是同一种肉肠。

校车是科学实验室——道理同上,因为热狗里的肠和熏肠其实是同一种肉肠。

校车既可以是安全区,也可以变成交战区。

校车是音乐厅,也是美食广场。校车是法庭,里面坐满了法官,坐满了陪审团。

校车还能变成一场大变活人的魔术表演秀,有时会把某人切成两半,有时会让人任意选一张牌,然后传给旁边的人。"哎呀!他喜欢你。她也喜欢你。"大家只有在校车上才敢这么肆无忌惮。

校车是舞台,随时都会上演鲜活的舞台剧。

校车是比赛现场,随时都会掀起一场拼字比赛。每个人都在忙活,每个人都在嗡嗡嗡地说个不停。这个说:"把你的手从我的脸上拿开。"那个说:"你的口气闻起来像酸萝卜。"这个反驳说:"你压根没见过萝卜。"那个不甘心地说:"我也许没见过,但我见过吃过萝卜的人,你闻起来就像他们打嗝和放屁。"

校车是一只大黄蜂,嗡嗡哼鸣,只不过刺长在里面。车窗就是大黄蜂的翅膀,可以上下推拉摆动,和社区里的中餐馆、邮局的窗户一个样。校车往来穿梭于一个个街区,好像社区里的宇宙飞船。

校车还是邮票簿,通过窗口传递着各种离奇古怪的邮件和消息:飘浮的糖纸,那是在车上分享的甜蜜;竖起的手指,那偷偷摸摸传达的信息不说也罢;几只小手在指指点

放学后

点，某个角落一定发生了新鲜事。

校车是一支画笔，一路飞驰而过，勾勒出一方天地。校车也许"油漆未干"，在座位上多铺一层盖布总是个好主意，不过你要是坐得太随意，还是会弄脏你的衣服。

校车就是一张旧椅子，确切地说，是摆在厨房里的椅子，虽然样子不好看，却实用、舒适。

校车是个脏冰箱，是块坏奶酪，是表面破了洞的番茄酱料包。校车的座位上总会遗落各种千奇百怪的小物件：一把模样趣怪的塑料餐具，像刀像叉又像勺儿；一根用纸条缠绕而成的结实吸管，能戳破盖子，向外面的世界喷出带气泡的饮料，喷出令人愉快却有点儿麻烦的液体，会弄脏衣服，会让人打嗝。

校车是一种特别的快餐，意外惊喜很多，却不涉及食物。订单已下，领号等候。给身边的人发条短信，邀请对方一起去惹点儿麻烦。"想不想破个例？我妈妈5点半才回家呢。""不行。我4点得去练跳舞。"校车还是才艺表演的绝佳地点。"我可以现在练跳舞，就在车上练。"

校车是麦克风，是节拍器，是录音房。校车有喇叭，有节奏，还有管弦乐队。校车是可以用纸团投三分球的露台，是篮球场、橄榄球场、足球场，有时候甚至是拳击场。

校车是电影拍摄现场，演员就位！导演、制片人、剧本准备。场次报板,灯光预备,走位开始,开拍!咔!"你的假眼泪看起来很真呀。""这就是真眼泪。""可我们不是在拍喜剧吗?"

校车是个误会和误解的集散地,是每个人都假装能理解的杰作。

校车是蒙娜丽莎身后的连绵山脉,是斯芬克斯的鼻子,是尚未被世人知晓的世界奇迹。对坎顿·波斯特而言,校车的确是未知的奇迹,因为他总是听到校车上的乘客们谈论着往返学校这一路发生的各种趣事。然而,对坎顿而言,校车也是一颗炮弹,一颗差点儿毁灭了他的炮弹。不光差点儿毁灭了他,也差点儿让他失去了妈妈。

坎顿的妈妈是拉蒂默中学的交通协管员。从坎顿出生时起,妈妈就在做交通协管员。他从小到大都穿着妈妈的尼龙反光背心在房前屋后跑来跑去,吹着妈妈工作用的警哨。他还没学会说"拉便便"之前,就学会了说"靠边停"。他还会抬手示意行人等候,摆手示意快速通行。

对坎顿来说,交通协管员,特别是妈妈,似乎有一种特殊的魔力,能让物体停止移动,能让车辆放慢速度,能为穿行马路的行人开辟出一条安全的通道。他们身上穿的反光背心就像魔术师的斗篷,他们口中的警哨能吹出魔法哨音,迫使司机踩下刹车。

▶放学后

这就是坎顿一直根深蒂固的看法。直到一年前的那一天，一切都变了。一颗蓝色的弹力球从人行道弹到了马路上。一个个头比婴儿大不了多少、名叫肯齐·汤普森的男孩，追着球跑了出去。坎顿的妈妈那时刚好扭头看向另一边，只不过是一瞬间的工夫，当她扭过头，意识到发生了什么事时，肯齐已经冲上了十字路口。

一辆校车快速驶来，小男孩站在波特尔大道中央，忽然看到飞驰而来的庞然大物，僵在了当场。没时间吹哨示警了，坎顿的妈妈波斯特女士，奋不顾身地朝吓得呆若木鸡的肯齐冲了过去。公共汽车猛地踩下刹车，金属刹车片发出尖厉的叫声，橡胶轮胎摩擦着地面，腾起一股青烟。波斯特女士奋力跃起，把肯齐撞飞出去。校车猛打了一个弯，险险地避开了肯齐，却没有避开波斯特女士，擦着她的身子轻轻撞上了她。

虽然那一撞很轻，但校车并不轻。

尽管撞断了她的肩膀，撞青了她的胯部，但至少没有碾过她的身体。

然而，这件事却对坎顿造成了巨大的冲击。

放学后，坎顿等妈妈的时候，会帮着校园清洁工蒙克先生做些校园维护的工作来消磨时间。实际上，大多数时候，坎顿只是坐在教学楼前，听蒙克先生抱怨学校卫生间之类的事情。

"你们这些孩子为啥不把尿撒进马桶里呢,坎顿?我是说,那个洞足够大呀!我真是想不通,怎么就能把尿撒在马桶座上呢?还撒在地上,满地都是。还有墙!墙上也有。你们是怎么办到的?"

不过,在坎顿的妈妈被校车撞倒的那天,他们谈的话题是为什么孩子们总会把1美分硬币直接扔在地上,就好像1美分不算钱似的。正在这时,杰斯敏·乔丹和泰伦斯·詹普尖叫着跑回学校,打断了他们的谈话。

"波斯特女士被校车撞了!"坎顿万万没料到会听到这句话。他也从来不希望听到这句话。这声音仿佛是全世界最长的哨声,尖锐地回荡在空气中,撕扯着他的耳膜。他的皮肤在颤抖,仿佛在变色,从棕色变成了黄色,变成了校车的黄色。当坎顿跟着蒙克先生跑到校门外时,呼啸着警笛的警车已经朝波特尔大道而去了。

一个星期之后,波斯特女士再次回到她的工作岗位:校门外的街角。她的嘴里衔着警哨,身上仍然穿着反光背心,只是肩膀上多了一条固定吊带。她看上去完全恢复了正常。她说,救人和受伤是她工作的一部分。她必须那么做。

然而,坎顿却没有恢复正常。

那天下午,当坎顿的妈妈再次回到街角,引导学生们穿

放学后

过马路时,蒙克先生却在卫生间里发现了坎顿。他坐在卫生间角落肮脏的瓷砖地板上,脑袋埋在两个膝盖中间。

"坎顿,你在这里做什么?"蒙克先生问道。他已经注意到了,坎顿并不是在……上厕所。坎顿抬起头,蒙克先生发现他一直在哭。坎顿的胸口不停地起伏、抽搐,好像呼吸困难,随时要裂开一样。蒙克先生躬下身子,蹲在他身边,指导他平复呼吸。

"来吧,坎顿。跟我一起从1数到10。1、2、3……"然后,"我们再倒着往回数。10、9、8……"就这样,坎顿终于可以呼吸、可以说话、可以站起来了。蒙克先生领着他走出了卫生间,来到学校外,走到波斯特女士工作的街角。坎顿冲过去搂着妈妈,用力搂着。他搂得实在太紧了,妈妈吃痛地抽搐了一下。她的肩膀还断了一根骨头呢。

"好啦,好啦,没事啦。我没事,你也没事,我们都没事。"她在他耳边反复念叨着,试着让他松手,她好继续回去工作。然而在心里,她却有些不想让他松手,因为照顾坎顿也是她的工作。

蒙克先生拍了拍坎顿的肩膀,发现这孩子就是不肯放开妈妈,于是决定临时接替她的工作。他走到街上,把手指塞进嘴里,打了一个呼哨,比波斯特女士吹的警哨还要响亮。

他举起手对着那些车辆高声喊道:"听着,你们要是敢撞我，我就把你们全撞回去！"车流一停下，他立刻对所有等候的学生高喊道"赶紧过马路"。然后，他又转向那些停着的车辆，高高挺起胸膛，似乎作势要扑上去，看它们还敢不敢乱动。

第二天的最后一节课是达文佐先生的社会研究课。下课后，蒙克先生在教室外遇见了坎顿，手里握着一把大扫帚。

"今天感觉怎么样？"

"我没事了。"

"还紧张吗？"

坎顿微微点了点头，试图掩饰自己的尴尬。

"想不想和我一起散个步？我想送你点儿东西。"

同学们从走廊里匆匆地跑过，最终穿过那道对开门，走向外面的世界。而坎顿则跟着蒙克先生在学校的走廊里溜达，用扫帚推开地面的灰尘、看上去像灰尘的头发、硬币、糖纸、单只袜子、细绳子、散开的彩带，还有各种天晓得是什么的零散物品。

蒙克先生低头认真地扫着。过了好一阵，他慢慢地开了口。

"我女儿温妮刚离开家去上大学时，我的妻子非常紧张，天天都给温妮去电话，一天要打好几次。只要温妮不接

放学后

电话，泽娜就会觉得……十分失落，变得很紧张。"蒙克开始说。

"泽娜是你的妻子吗？"

"是的。"蒙克先生咧嘴一笑，"她是我遇到的最好的人。想想吧，她可是要面对一个天天下班回家时带着一身漂白剂和尿臊味的男人呀。但她任劳任怨，从没抱怨过。她年轻时目睹过世上发生的不少事情，这让她对我们的女儿很担心。她担心温妮稍有差池，就会酿成大错。如果她出了什么事可怎么办啊？如果她需要我们怎么办啊？如果她遇到危险怎么办啊？泽娜不停地问这些问题，整晚睡不着觉，整天都怕得要命。"

"那你是怎么回答她的呢？"

"我什么也没说。不过，我做了一件事：我给她买了一条狗。"

"一条狗？"

"没错。"坎顿和蒙克先生在清洁工用的设备间前停了下来。老人先把从学校里扫出来的一堆垃圾推进角落，又拿出一大把钥匙，像翻书一样在钥匙堆里翻来翻去。"我送给她小狗，不是因为她需要别的什么东西来照顾——任何小狗都取代不了我们的小女儿，而是因为，我读到过一篇关于情感支持动物的文章。"

"那是什么？"

"好吧，我试着解释解释。首先，我先得澄清一下，我女儿背着我妻子给我打电话谈过情感支持动物这件事，然后我自己又读了一些相关的文章。简单地说就是，养狗可以让你感觉好一些。"他终于找出了钥匙，打开了设备间的门。"我是说，还有什么比狗更好的呢？"

他们直接走进了设备间。这里很大，大得能当办公室。设备间的墙壁上挂着蒙克先生的妻子和女儿的照片，还有小狗的照片。那是一只卷毛小家伙，龅牙，很丑，也很可爱，至少在坎顿眼里是这样。

然而，除了可爱，坎顿的脑子里一直在想，所有对自己而言比狗更好的东西，比如冰激凌和滑板，也许某天还会是女朋友，或者是可以成为好朋友的女孩，一个好笑话也算。哦，还有电子游戏。嗯，狗狗的确很酷，但可能会……排在这些之后。

"蒙克先生，您为什么告诉我这些？"坎顿问。他在脑海里列出了一串比狗狗更好的东西。他在想，也许蒙克先生想成为他的情感支持狗，只不过他不是狗，他应该叫情感支持人。他这么做就是为了让他不去想妈妈，不去担心校车会再次撞到她。

"你问我为什么要告诉你这些？"他一边重复坎顿的问

> 放学后

题，一边打开了位于这间设备储藏室兼办公室角落里的一个小储物柜，"因为我给你做了一个。"

"做了一个？您是说……您为我做了一条狗？"

"嗯……我是说……很不幸，学校可不会允许真的情感支持狗进校门。再说我也不能给你买一条狗。你妈妈可能不会同意你养狗。不过我想，这可能会对你有帮助。"

蒙克先生把手伸进储物柜，拿出了个扫帚头——就是扫帚用来扫地的那个部分。很显然，这是他从扫帚上拆下来的。扫帚头的麦秆又卷又烂，好像蒙克先生用它扫了20年人行道似的。他在扫帚头的一边画了两个大黑圈，好像两只眼睛。在中间画了个椭圆，椭圆里还打了个叉叉，坎顿猜那应该是嘴。扫帚头的顶部还粘着两小块抹布，剪成了耳朵的形状。

"可……这是……扫帚。"

"我洗干净了。我向你保证，这是干净的。没错，这的确是一把扫帚，不过一旦这么做，感觉就不一样啦。"说着，他抚摸着扫帚头上的一根根麦秆，就好像在抚摸狗狗的毛皮，就好像在挠一只急需梳理毛发的约克夏犬的耳朵后面一样。他的手拂过扫帚头，刚刚被抚平的麦秆又弹了起来，真像狗的卷毛。

"它的嘴巴为什么是这样的？难道这个……扫帚……狗

生气了？"

"没有啦。"蒙克先生把扫帚头面向他，耸了耸肩，"它其实在笑呢。"

"哦。"坎顿困惑地抿了抿嘴，决定接受蒙克先生的说法，把扫帚头想象成狗狗在笑，但他对蒙克先生说的其他内容还有些不明白，"您真的认为，这能帮到我吗？"

"试试看也没什么坏处，对不对？"蒙克先生的脸上露出一丝狡黠的微笑，"我是说，再不济，你还可以用这个扫大街哪。所以呢，不管怎么说……都有用呀。"

第二天放学后，坎顿把扫帚狗夹在腋下，慢慢地走到街角去看妈妈——去为交通协管员保驾护航。他靠在拐角处的停车标志杆上。每当波斯特女士必须走到街上吹警哨、举手示意停止通行时，每当坎顿紧张得胸口好像膨胀的气球时，他就会用手指拨弄扫帚狗的毛发。

终于，他给扫帚狗起了个名字：灰灰。

奇怪的是，扫帚狗真的有用。

自从蒙克先生送给坎顿扫帚狗之后，已经过去了一年。从第一次恐慌发作到现在，已经过去了一年。自从那次交通事故发生了一年又一个星期后，情况终于有所好转。

下课铃响了，所有人起身离开达文佐先生的课堂。

放学后

那个叫西米恩的大块头同学站在门口,像往常一样,和大家一一击掌。

"把手举高点儿。"他走到坎顿身边时说。坎顿伸出手和他击了掌。

"别忘了今天的作业。我说的是地理作业。要写某个地方,写那里的人,写人们和环境的互动!"达文佐先生在放学的喧闹中高声提醒道。

坎顿停在储物柜前,伸手拿出扫帚狗灰灰,朝门口走去。走廊里,沃克利女士正在训斥西米恩(那个刚才和他击掌的大个子)和攥着蓝色小球的肯齐·汤普森。他从他们身边经过,来到了校外。教学楼的对开门旁,有个他从未见过的男生坐在门边的长凳上,身上穿着私立学校的绿校服。坐在那个男生旁边长凳上的是坎迪斯·格林——他暗恋的对象,但他从没鼓起勇气和她说过话,因为她总是和她那几个朋友们在一起——傻乎乎的乔伊、臭烘烘的格雷戈里和总是拽酷的雷米。在他们旁边的第三张长凳上,坐着一个叫布里顿·伯恩斯的孩子以及他的同伙,他们自称平头帮,在学校里以四处搜刮硬币而闻名。

"今天怎么样,坎顿?"翠丝塔是平头帮的一员,也是大家公认的最酷的女生。

坎顿挥了挥手,继续往前走,经过了约翰逊先生的身边,他正在指挥接孩子的私家车队慢慢往前挪。他必须在第一拨行人穿过马路之前赶到街角。这是他的一贯做法,过去一年又一个星期以来他一直那么做。

终于,坎顿走到了波特尔大道的十字路口,他的妈妈波斯特女士就站在那里,穿着反光背心,把那只用黑绳子拴着的警哨郑重地挂在脖子上,就好像戴着一块充满荣誉的奖牌。

"我的棒小伙儿来啦!"妈妈挥动着胳膊向他致意,母子俩拥抱在一起,"今天学校怎么样?"

"挺好"。

"有作业吗?"

"有一点儿。布鲁姆女士要我们把自己想象成某件东西。达文佐先生要我们记录人类与环境的互动。"

"互动?"

"对,我现在正要这么做。"坎顿说着对妈妈扮了个鬼脸,妈妈也扮了个鬼脸。

"我不太确定这是什么意思,但如果和车互动,我觉得我恐怕是这方面的专家。"

坎顿咯咯地笑了:"如果我需要帮助,会告诉你的。"

"好吧,那我们开始吧。"波斯特女士说着眨了眨眼。坎顿从书包里拿出他的扫帚狗灰灰和一个笔记本,把书包靠着

放学后

停车标志杆当靠垫，自己倚着书包坐在地上，扫帚狗则安安稳稳地歇在他的膝头。他在笔记本上潦草地写下几个单词和短语，试图描述周围的环境。

拉蒂默中学。

街角。

波特尔大道。

汽车。

同学。

妈妈。

警哨。

人们停下等候。

人们抬腿出发。

人们在说话。

人们在拥抱。

人们在皱眉。

人们在大笑。

人们在离开。

人们走向远方。

坎顿抬头看了一眼，众人渐渐聚集在街角，好像大坝排水,每隔几分钟就流泻而出,然后又转弯,穿过马路,等待着,交谈着。他们的交谈断断续续飘进他的耳朵里:格雷戈里·皮茨喜欢桑德拉·怀特,萨奇莫·詹金斯害怕自己在回家的路上被狗吃掉,辛西娅·索尔要在下午3点33分举办个人表演,还有人在拿鼻屎开玩笑,每个人都想知道法蒂玛·摩斯究竟在写什么秘密的故事……

他看到同学们的舌头跳着踢踏舞,唇枪舌剑,从一个故事讲到另一个故事。他看到妈妈在表演某种特别的芭蕾舞,旋转着,从容地走到街上,浑身散发着力量。她吹起警哨,伸出手,一辆校车立刻减速停下。她又伸出手,让其他步行的人快速通行。

当所有人都走了,所有拉蒂默中学的学生都回家或前往其他地方之后,波斯特女士站在街角,解开反光背心,绕过头顶脱下来,又取下了挂在脖子上的警哨。又一天结束了,又一次工作顺利完成。

"准备好了吗?"妈妈问道。坎顿一直在不停地在笔记本上写着作业。

他点了点头:"好了。"

坎顿站起身,扫帚狗从他的膝头掉了下来,他似乎忘了它一直在腿上。波斯特女士弯腰捡起了扫帚头。

"天哪。这东西可有些年头啦。"妈妈端详着扫帚头。那

· 181

▶放学后

上面的麦秆破烂不堪,用来当作耳朵的抹布早就不见了。"我知道,它本来应该是一条狗。不过,如果你现在细看,它倒有点儿像一辆校车。"妈妈说着,把扫帚狗递给坎顿,然后指出了两者的相似之处,"你瞧,这两只眼睛就像车灯,这张撇着的嘴……"

"这是一个微笑。"坎顿纠正道。

"哦,对,微笑。这微笑……就像校车车头的格栅一样。真有意思。"

这一点坎顿倒没有注意。扫帚狗早就变成了他生活的一部分,变成了一个总会默默陪伴他、从不离他左右的东西。但现在他才意识到,他已经很久没有真正需要过它了。

"看来,一切都会过去的。"坎顿说着提起了书包。他们站在街角,看向马路两边,然后穿过了马路。

"你还想要它吗?"妈妈问。坎顿耸了耸肩,把扫帚狗抛向了空中,接住,再抛,再接住。第三次抛起时,几根松散的麦秆飞了出来。再抛一次,又飞出了更多的麦秆,落在他们的身上。每抛起一次,都有更多的麦秆四处散开,落下。波斯特女士笑了:"瞧啊,一辆校车从天而降。"

坎顿也笑了,他知道,一辆校车代表着很多东西。

同样,走路回家也是。

脚抬起又落下。心中的渴望驱使我们迈出一步又一步，稳步前行。

——加内特·卡多根

放学后

致谢

  一如既往,我有很多人需要感谢,因为他们的帮助,让我心中的故事变成了读者手中的书,就像梦想一步一步成真。我要感谢那些让这本书得以面世的人,还要感谢那些赋予这些故事灵感的人。

  在那些让这本书得以面世的人中,我首先当然要感谢我的编辑凯特琳,她信任我,一如我信任她。她对我而言,意味着整个世界。我还要感谢我的经纪人埃琳娜,她同样对我充满信任,我也同样信任她。这两位女士一次又一次地把我从自我怀疑的深渊中拉出来。只要涉及工作,我经常缺乏安全感,经常焦虑不已,我由衷感谢她们的耐心和鼓励。还要感谢西蒙与舒斯特出版社的全体成员,让我们继续努力,创造奇迹吧。

  在那些赋予这些故事灵感的人中,我首先要感谢我儿时的伙伴,他们为我的故事提供了很多素材。我要感谢奥克森山、华盛顿特区和布鲁克林。感谢艾伦和琪琪女士,你们是史上最棒的糖果小姐。感谢我的家人和兄弟姐妹。感谢那些对我们穷追不舍的狗,那些自行车、公交站、冰激凌车、停车场的嘉年华会。感谢街角商店和理发店。感谢所有色彩缤纷的社区,还有那些行走在放学路上的可爱孩子。

  我深爱你们。

  我喜欢你们。

  我还想问你们:

  你们打算如何改变这个世界?

关于杰森·雷诺兹

杰森知道,很多很多人——年轻人、老年人和中年人——都讨厌阅读。他还知道,很多讨厌阅读的人都是男孩。他更知道,很多讨厌阅读的男孩,其实讨厌的不是书,而是无聊……杰森完全理解这种感受。他真的完全理解。因为即便是作家,也讨厌读无聊的书。

所以,杰森要做的就是:**绝不写无聊的书。**

杰森·雷诺兹是《纽约时报》最佳畅销书作家、两届美国国家图书奖入围者,纽伯瑞文学奖、普林兹文学奖、柯克斯奖、卡内基文学奖、两届沃尔特·迪恩·迈尔斯奖和两届奥德赛奖得主,多次获得科雷塔·斯科特·金文学奖。他曾任 2020—2022 年美国全国青年文学大使。2014 年他出版的第一部小说《当我最伟大时》,就获得了科雷塔·斯科特·金文学奖。2018 年凭借《长路漫漫》荣获纽伯瑞文学奖银奖。2021 年凭借作品《放学后》荣获卡内基文学奖。